ཞི་བའི་དགའ་ཚོར།
ཕལ་ཆེར་ཉིན་ལྟར་གནའ་བོའི་གཏམ་རྒྱུད།
འཆད་ཉན་གྱི་རྒྱུ་ཆ།

宁静的喜悦

宗周嘉措 ◎ 编著

中国社会科学出版社

图书在版编目(CIP)数据

宁静的喜悦／宗周嘉措仁波切著. —北京：中国社会科学出版社，
2014.10
ISBN 978 - 7 - 5161 - 4942 - 3

Ⅰ.①宁…　Ⅱ.①宗…　Ⅲ.①诗集 - 中国 - 当代②散文集 - 中国 -
当代　Ⅳ.①I217.2

中国版本图书馆 CIP 数据核字(2014)第 228957 号

出 版 人　赵剑英
责任编辑　任　明
特约编辑　乔继堂
责任校对　安　然
责任印制　何　艳

出　　　版　中国社会科学出版社
社　　　址　北京鼓楼西大街甲 158 号（邮编 100720）
网　　　址　http：//www.csspw.cn
　　　　　　中文域名：中国社科网　　　010 - 64070619
发 行 部　010 - 84083685
门 市 部　010 - 84029450
经　　　销　新华书店及其他书店

印刷装订　北京市兴怀印刷厂
版　　次　2014 年 10 月第 1 版
印　　次　2014 年 10 月第 1 次印刷

开　　本　710 × 1000　1/16
印　　张　19
插　　页　2
字　　数　206 千字
定　　价　39.00 元

目　　录

第一章　心能成就你的一切

　　一旦你知道什么是绝对的真理，你将认清眼前所有的相对现象只不过是个幻影，一场梦，并且不再执着于它。

心来自于心，心去向于心 / 2

菩提心 / 4

心的本性是清净的 / 10

拂去心灵的尘垢 / 12

最难修平常心 / 15

愤怒是痛苦，宁静是极乐 / 17

为死而活着 / 21

快乐与享乐 / 24

第二章　斩断烦恼，拥抱快乐

　　一个人会觉得不快乐，是因为我们认为自己是世界的中心焦点，只有我们自己在忍受难以言喻的痛苦。不快乐的感觉来自一个人将自己关闭在身体中，封锁在脑海中。

面对困境 / 28

痛苦的基本原因 / 34

坚信人性的本质 / 37

面对生命中的难题 / 40

乐在工作 / 46

增进人际关系 / 50

不能走极端 / 52

态度影响工作的喜悦与满足 / 56

克服焦虑和恐惧的方法 / 59

赚钱（一）/ 64

赚钱（二）/ 67

如何看待金钱 / 71

认识欲望的本质 / 74

寻找真理 / 77

让心灵充满正能量 / 82

第三章　生命之歌，永不落幕

若生命的河流，是一段曲折的沧桑；若岁月的清溪，是迢迢前去的逝者。那么，在每一道有形无形的流水之前，我都愿意自己是宁静得足以聆见水之清音的过客。

神山谷里的溪水 / 90

阿妈们节日快乐！/ 93

老和尚说的故事 / 96

远古的呼唤 / 98

心灵深处的感动 / 103

内心的智慧与安宁 / 108

灾难无情 / 114

我的泪水 / 118

第四章　在生活中修行

烦恼并不可怕，可怕的是不明如何对治烦恼，却为了避免或者逃避烦恼，作出愚蠢之事，甚至为烦恼而烦恼，固执、执着于烦恼，最后被烦恼所控制。

智慧是对治烦恼的利剑 / 124

何为智慧 / 128

观"心灵的本质" / 131

信仰与修行 / 134

使每一天更有意义 / 139

区分爱与慈悲 / 146

人生的八苦 / 150

罪中重罪杀生首罪 / 155

禅定修法简释 / 160

六字真言 / 163

佛法与人生 / 166

学佛就是为了培养良好的综合习惯 / 173

可以随便出家吗 / 180

有利有弊的互联网 / 187

上师教诲 / 189

上师至上 / 194

师徒如何相处 / 197

禅诗 / 208

阅读《坛经》感想 / 210

第五章　赋爱予诗

我没有忘记您的金刚心

与众生的游舞

是我对您最好的回报

思念金刚心——怀念恩师法王如意宝 / 214

我的心爱着您的世界 / 218

思念远方的您 / 221

我的信仰　您的杰作——寄恩师 / 223

伴着歌声想您——献给恩师 / 225

思念与您一起的日子 / 227

祈梦 / 229

我家乡的草原 / 231

那些美好的回忆 / 235

晨曦的禅坐 / 238

天下阿妈母亲节快乐 / 241

阿妈 / 245

我亲爱的弟弟你醒过来吧！/ 248

我的阿佳拉 / 250

友·伤逝 / 253

回忆冬季的美丽 / 255

星月菩提 / 258

心的旅程 / 260

万年如一天 / 263

把安宁还给大地 / 265

纪念雅安地震遇难者 / 267

心泣无声 / 269

泪水和鲜血写下的诗 / 272

英雄的诗　诗的英雄 / 275

月光下的湖泊 / 280

一炷香 / 283

向往绿色净土（一）/ 285

向往绿色净土（二）/ 287

两个我 / 289

幻想和泡影 / 291

新春之愿 / 293

静享安然 / 294

幸福的找寻 / 296

生活的烦恼与痛苦，全然取决于你的心，停下被迷乱牵制的脚步，哪怕只是一刹那，你看到了心的本质，也会得到与幸福相关的一切。

第一章
心能成就你的一切

心来自于心，心去向于心

人一生中所面临的琐事，就像永无止境的海浪，一波接着一波而来，但我们到最后还是两手空空，什么也留不住，我们脑中闪过无数的念头，一个念头生出许许多多的念头，但所有的念头都只会增加内心的骚动与不安。

假如仔细反省日常行为所依据的基本价值观念，并试着找出它们从何而来，我们就会发现，这一切都源自我们未能对事物做正确的检验。我们的所作所为，通常是根据"每一件事都是真实、具有实体"的假设而来。但是，当我们看仔细一点就会发现，现象世界就像一道彩虹，色彩鲜艳多姿，却没有任何实体存在。

当天空上挂着一道彩虹，映入眼帘的是许多美丽的色彩，但彩虹不能当衣服来穿，不能当饰物来戴，没有什么是我们可以拥有的；所有的事物只不过是透过各种因缘的结合呈现在我们面前。心中升起的念头也是如此。念头根本没有所谓真实的实体或本质的存在。所以，念头根本没有理由拥有强过我们的力量，我们也没有理由沦为念头的奴隶。

轮回与涅槃皆由心造。即使如此，心也没有什么了不起的，它只不过是一堆念头罢了。一旦我们认清念头是虚无的，心也就失去了蒙骗我们的力量。但是，只要我们把虚假的念头当做是真的，念头就会像过去生生世世一般，继续折磨我们，让我们深受痛苦。为了达到控制"心"的目的，我们必须觉知该做什么，以及该避免什么；我们也必须保持警觉，时时检视身、口、意三方面的行为。

为了破除心的执着，需要了解所有的现象皆如海市蜃楼一般空无虚有，美丽的外相无益于心，丑陋的外相也无害于心。斩断希望与恐惧、喜欢与憎恶的联结，安住于平等舍之中，了解所有的现象只不过是自心的投影。一旦你知道什么是绝对的真理，你将认清眼前所有的相对现象只不过是个幻影，一场梦，并且不再执着于它。

菩 提 心

　　为了利他而追求无上正等正觉，首先要具足大悲心。具足大悲心，才能生起强烈的希求。这种自然流露的，为了利益其他一切众生而达到圆满觉悟的希求，就是菩提心。

　　父亲会因为孩子们受苦而肩负起某种责任，但他会发现，要为孩子承担痛苦是很困难的。所以，为了解除孩子们的痛苦与烦恼，父亲就会拼命地工作，希望赚到更多的钱，才能减轻他们的痛苦。同样的，菩萨之道，要替众生承担痛苦是极端困难的。因此，为了解除所有众生的苦，菩萨思维，一定要成佛。

　　我们所应该生起、长养的，就是这份殊胜的菩萨心肠——菩提心。但若没有训练自己的心，菩提心就不可能自然生起。虽然，有些人由于过去多生多世以来所累积善业的结果，可以相当容易地就生起菩提心；一般而言，我们都需要严格地训练自己的意念，才能够长养菩提心。

　　对于觉悟的众生而言，最殊胜、无上的心就是菩提心。阿底峡尊者在各方面的知识都十分渊博，他已经了悟空性，而且具足了天眼通等多种神通，不但精通经典和密续，同时对佛教的种种法事也十分娴熟。虽然，阿底峡尊者具足了所有广博的知识，但他从不认为其所具足的天眼通或其他神通有什么了不得，却认为菩提心是自己至高无上的证悟。

阿底峡尊者跟随过许多上师，他认为他参拜过的最好的上师，是那位曾经教导过他有关于菩提心义理的上师。阿底峡尊者本身，也是一位非常有经验的上师，所以，西藏人邀请他到西藏来，而他也在西藏，于经典和密续两方面大转法轮。

阿底峡尊者在西藏时，也经常听到人们提起他在印度的上师们。每当听到人们提起那位曾经教导过他有关菩提心义理的上师色林巴，他总是会一边哭泣、一边顶礼；而在听到其他上师名字的时候，就不会这样。所以西藏人就问阿底峡尊者，为什么会对色林巴特别尊敬、虔诚，他的解释是：所有的上师都对他很好，而其中最为殊胜、慈悲的一位就是色林巴，因为这位尊贵的上师教授了他菩提心。阿底峡尊者从其他的上师那儿得到了许多其他的义理和各种密续的灌顶，色林巴却被阿底峡尊者认为是其中最为殊胜的一位上师。

菩提心有许多种不同的层次，不过，大致可以粗分为两种层次：希求的菩提心和力行的菩提心。希求的菩提心是一种为了要利他而希望证得圆满菩提的愿心。力行的菩提心，则不只为利他而希求证得圆满菩提，且身体力行，真正地进入某些可以迈向正等正觉的特别道路。如果某个人已具足了希求的菩提心，而且也受了菩萨戒，然后开始修行各种波罗蜜多，像布施、忍辱、持戒、精进、禅定、智慧等。那么这位行者就同时具足了希求的菩

提心和力行的菩提心。

菩提心的利益

在显教和密续的佛教经典中，都说明了长养菩提心的利益。而这无尽的利益可约略归纳如下：

一、菩提心是迈向大乘之道的门径。光读一本讨论大乘之道的书是不够的，必须将菩提心身体力行才行。如果没发菩提心，即使依照大乘经典和密续中的高深法门来修行，还是不能成为真正的大乘修行者。

二、一个发了菩提心的人，就是诸佛的子女，亦即成为诸佛的眷属之一。一个人一旦由于修习菩提心的缘故，而成为诸佛的眷属，就会很快成佛，所以这是极大的利益。

三、可以获得超过修行小乘而觉悟之圣者的成就。修习小乘的行者，像是阿罗汉等，是悟境极高的圣者，因为他们的心已经完全没有污染，和一般的凡夫比较起来，其悟境是很高的。但阿罗汉以及其他修习小乘而成就的行者，由于并没有具足菩提心的缘故，所以如果一个人具足了殊胜的菩提心，成就就会超越他们。

四、人若具足了菩提心，就会成为其他众生尊敬和供养的对象。一个人不论其外表如何、社会地位高或低，只要为了利他而求证菩提心，就值得人、梵天和帝释天等天神尊敬。

五、具足菩提心成就资粮速度快，而此福、慧二资粮可以让一个人成佛。成就福德资粮，可以成就佛陀的庄严宝相，而成就智慧资粮，可以证得佛陀的智慧。

六、可以清净过去世所造作的极大恶业，菩提心的威力可以清净恶业。

七、一个人发愿脱离生死轮回的痛苦，并且希望为他人解除痛苦，菩提心就会让他满愿。由于菩提心的威力，修习菩提心的人本身和其他的所有众生，都可以达到清净的极乐境界。

八、所有其他的众生，像是鬼神和四大（地、水、火、风），都无法伤害具足菩提心的人。只要具足菩提心，就可以脱离恐惧。

九、可以很快圆满大乘的五道和菩提的十地。为了成佛，菩萨必须要依次圆满此五道和十地。

十、具足菩提心的人，能够在很短的时间内成佛。因此，我们应该将全副精神引导向修习菩提心，以便能够速证佛果。

如果不断地思维这十种利益，这样的修行便称为"观"的禅修。由禅修"观"可以让我们发心修习菩提心，且能了解修习菩提心所能得到的利益。

如何修习菩提心

修习菩提心的方法有三种：第一是透过六种因缘的力量，第二是借由自他交换及平等心的力量，第三是经由四种因缘的力量。之所以会有前两种方法，是因为释迦牟尼佛在修行菩提心方面，传下两种不同的教法传承。第一种传承来自释迦牟尼佛传给弥勒菩萨的法门，弥勒菩萨又传给无著大师，而无著又将此承传给世亲大师，然后由世亲大师一直接着传下来，从没有中断过。第二种法门，是由释迦牟尼佛向文殊师利菩萨讲授，然后文殊师利菩萨传给寂天大师，从寂天大师开始传下来，传给许多的上师。

第一种传承是借由六种因缘的力量来修习菩提心，较第二种自他交换的法门容易；第二种法门比较深奥微妙。一般用来修习菩提心的法门，就是借由六种因缘的力量来修行。此六因缘如下：第一是要了知一切众生都曾是我们的母亲；第二个是思维所有曾为我们母亲之众生的恩德；第三是希望回报这些曾为吾母之众生的恩德；第四是修习、生起无缘大慈的心；第五是修习同体大悲的心；第六是清净的发心。修观这六种因缘所获得的果报，就是一个人会因此而具菩提心。

四种因缘

另一种修行菩提心，或说是希求证得正等正觉心的方法，就是透过四种因缘的力量。第一种因缘，就是要了知并时时忆念成佛的利益及佛陀的力量。如果了知佛陀的种种殊胜之处，同时也彻底明白成佛的力量和利益，自然就会生起一种强烈的希求，希望本身也能成佛。我们应当如是思维："如果我自己也能成佛，那该多好啊！"

修习菩提心的第二个因缘，是由大乘佛法的灭亡将不是我们所能承受的这一点衍生出来的。菩萨等悟境很高的众生，才能具足大乘修行者的心和行为。

第三种因缘是，要常常记着，如果不成佛的话，将会有许许多多众生受尽无尽无边的苦难，为此我们应该发愿成佛。如果具足了第三种因缘，事实上就是具足了菩提心。

第四种因缘是，应把握机会，趁着有大乘上师和大乘佛法的时候，发大愿一定要成佛。

断疑

有的时候，有人会生起不好的疑虑，像我并不能了解诸佛是否存在，又怎能成佛呢？此时就应该研读经典，并且以理智来判断，好好思维诸佛存在的理由。有时又觉得佛陀离我们好远，觉得佛陀的心是如此的完美，而凡夫是如此的污浊，因而沮丧。

一点也不用沮丧，如果能够勇猛精进乐于修行佛法，就一定可以成佛；因为我们有机会修习所有可以证得正等正觉的法门；因为我们已经遇见难得的佛法明师，也得到了殊胜的佛法。恶业的力量是无常的，很快会转变，只要大家精进努力不已，所有的因缘都会转变。佛陀曾说，所有的众生都终将成佛。意思就是说，一切众生，包括昆虫在内，本身就具足佛性。

我们常面临两种无明，一种是阻碍解脱的无明，另一种是阻碍般若智慧的无明。阻碍解脱的无明，包括所有不好的心态，像是嗔恨心、贪心、傲慢心、嫉妒心等；阻碍般若智慧的无明，则是这些污染心的果报。我们的心被这两种无明所笼罩，就像是清静、晴朗的天空被乌云笼罩着一般。以大乘佛法来锻炼自己，依大乘法门而修行，就能清除这两种无明。

只要我们了解这两种无明是无常、变动不拘而不能永久存在的，就可以知道无论何人都可完全去除这两种无明。也可以仔细思维有许多药方，可以减轻这两种无明所带来的症状，只要不断服药，无明的力量就会变得愈来愈薄弱，到最后终有完全消灭的时候。基于上述的种种理由，实在没有道理怀疑诸佛的存在，也不应该怀疑自己是否可以成佛。

心的本性是清净的

现代社会，每个人都面临着巨大的压力，都会或多或少地有各种烦恼，那么我们可不可能完全去除这些烦恼的情绪？或者是只能压抑情绪呢？

根据佛法的知见，心的本性是光明自觉的，因此烦恼情绪并不是心的本质。这些负面的情绪是一时的、表面的，所以是可以去除掉的。

如果令人烦恼的情绪，例如生气，是存在于心的本质，那么，生气应该是心的常态，但事实显然不是这样。人只有碰到某些情况才会生气，如果那些情况不出现，就不会生气。

什么样的情况会导致生气或愤怒呢？当我们生气时，我们生气的对象会变得比实际上来得更可恶，你会生气是因为那个人曾经、或正在、或即将伤害你或你的朋友。那么，到底被伤害的这个"我"是谁？

在愤怒的时候，我们会觉得"我"这个主体，和"敌人"那个客体，毫不相干。因为我们接受这个由内心建构的表相，所以就生气了。但如果你在愤怒之心刚起时，用理性去分析谁是"我"？谁是受伤的"我"？谁是伤害的"敌人"？"敌人"是身体？还是心灵？那么，刚刚那个好像真实存在、让我心里觉得很生气的对象，以及那个觉得受伤的"我"，都会消失无踪，愤怒也就随之烟消云散了。

想想看，我们生气的真正原因是什么？是欲望受挫。愤怒是由错误的认知挑起的，是你把自己假想成受害者而对方是敌人。

愤怒、憎恨不能从心产生，而是一种缺乏正确根源的态度。然而，爱是确实源自于真理。一个没有确实根源，一个有真正根源，两相抗衡，经过一段时间，一定是有真正根源的那方获胜。只要你加强对抗负面的情绪，心灵素养就可无限提升，不好的特质就会减少，最后完全消失。

既然心的本性是光明而自觉的，那么我们每个人就都有基本的条件可以得到证悟。

拂去心灵的尘垢

一个人的心灵，就如同一面镜子，你的心灵亮了，世界在你心中就是明媚的；你的心灵是灰暗的，在你的心中世界就是暗淡无光的。

我们都会有心灵蒙尘的时候，这没有什么大不了的。我们都不是圣人，不要太多地责怪自己。有时，心也会有打盹的时候，就如同我们的家居，不打扫时常会落满灰尘，只要你是个心灵手巧、爱洁净的人，是个愿意每天愉悦地去擦拭家居灰尘的人，你的家就会洁净明亮的。家居需要时时擦拭，心灵也是一样，你可以时时拂去心灵上的落尘，让它时时保持明亮和洁净。尘埃没有了，心灵明亮了，你的眼睛也就明亮了，世界也就明亮了，一切的人和事也明快了。

其实一切外在的尘埃也只不过是自己内心的反应，外在尘埃的拂拭固然重要，但更重要的还是拂去自己内心的尘垢。

从内心看，也没有所拂、能拂的，六祖慧能大师说："菩提本无树，明镜亦非台，本来无一物，何处惹尘埃。"

在日常生活当中，我们都希望断除三毒烦恼。正如在我们常常念诵的回向文中说"愿消三障诸烦恼"。但是以实际的生活而言，我们却把这三种毒物误认为是修心的心要与精髓，一天到晚都在做修持。怎么讲呢？这从我们经验上就可以体会，当我们看到悦意境、悦意相时，无论内悦意或外悦意相，自然而然产生一种执着，不想与这种悦意、可爱的东西分开，进而我们的心完全溶于这种可爱的境物，就是紧紧地把它抓住、不想要让自己远离，因此产生极为强烈不想分离的意念，就称为"贪着"。若只是看到可爱、悦意的境界，还不是"贪着"。所谓"贪着"，就是透过这种可爱相、悦意相之后，当内心对这种境产生极为强烈的执着，就想取有，希望我能获得，这种特别的有力量的执着产生后，我们称之为贪心。同样的，看到不悦意境、不可爱的事物的时候，自然就会产生一种排斥与厌恶，自然地想要远离它，这种有力、坚固的执着生起后，我们称为"嗔心"。贪和嗔这两种，只要我们专注观察平时的生活，就一定可以体会到，无论白天或是晚上，甚至于做梦的时候，都一直徘徊在我们的脑海里，一直无法舍离这种不好的贪嗔。

世人的种种烦恼都是由自心所生。羡慕钱，多了还想多；羡慕权，有了还想大。有钱有权的怕失去一切，没有钱没有权的拼命想得到。没有病时，不知道健康就是福。自家不安安生生地过日子，偏要羡慕别人家的风光，至于别人的苦楚他看不到，以为天下的人都比自己幸福，心里就不痛快，就挖空心思地去想法子，也过人家那样的日子，一时得不着，就怨天尤人，看什么都不顺眼。六祖大师说，迷时师度，悟时自度。比较明智的人，就

比较达观，积极进取却淡泊名利，乐于助人却不图回报，既体现了自己的价值又从中得到了满足和快乐。

一般来说，藏人都是天性快活的。不论有多少困难，他们都随时准备欢笑，就是这样。

以我个人来说，我的心理状态比较平静安详。不论状况有多困难，甚至有时候是一些悲惨的消息，我的心理都不会受到太大的影响。会有一些短暂的悲伤感觉，但绝不会持续很久。不过几分钟或几小时，事情就过去了。所以我常用海洋来做比喻，表面上浪潮来了又去，但是底部却永远保持平静。

情绪失控的时候，我们脑海中能够判断的部位就无法正常运作。当然，一定会有一些冲突、一些异议，不过我们应该善用这些差异性，从中获得积极正面的能量。试着降低消极负面的行为，不要因为被强迫才这么做，而是要有觉醒。通过与别人的对话，注意到对方的需要，然后提出自己的问题，总是会有办法解决问题的，如果是硬碰硬的就不好了，要学会让步、学会宽恕。不要让一片乌云破坏一个阳光普照的日子。

要消除憎恨与其他毁灭性的情绪，你就要发展出相对的情绪——怜悯与慈悲。如果你有很强烈的怜悯心，非常尊重他人，宽恕就会变得很容易了。主要的原因是：我不想伤害别人。宽恕能够让你接触到这些正面的情绪。这会帮助我们心灵的成长。

最难修平常心

什么是平常心？平常心不是"看破红尘"，也不是消极遁世。平常心是一种心境，它"不以物喜，不以己悲"，不为环境的变化而喜忧。平常心，是一种境界，慧能大师云："本来无一物，何处惹尘埃。"它超脱物境，超越自我。为善不执是平常心，老死不惧是平常心，吃亏不计是平常心，逆境不烦也是平常心。

要想拥有一颗平常心，就要做到心无杂念。

有个人问一位禅师："禅师，你可有什么与众不同的地方吗？"

禅师回答："有。"

"是什么呢？"

禅师答："我感觉饿的时候就吃饭，感觉疲倦的时候就睡觉。"

"这算什么与众不同的地方，每个人都是这样的，有什么区别呢？"

禅师答："当然是不一样的。"

"为什么不一样呢?"

禅师答:"他们吃饭的时候总是想着别的事情,不专心吃饭;他们睡觉的时候也总是做梦,睡不安稳。而我吃饭就是吃饭,什么也不想;我睡觉的时候从来不做梦,所以睡得安稳。这就是我与众不同的地方。"

禅师继续说道:"世人很难做到一心一用,他们在利害得失中穿梭,囿于浮华的宠辱,产生了'种种思量'和'千般妄想'。他们在生命的表层停留不前,这是他们生命中最大的障碍,他们因此而迷失了自己,丧失了'平常心'。要知道,只有将心灵融入世界,用心去感受生命,才能找到生命的真谛。"

所谓"平常心"就是想睡就睡,想坐就坐。夏天找阴凉的地方,冬天则坐在炉边。吃饭时只是吃,睡觉时只是睡,这样就不会陷入各种妄念之中。一心一用,心无杂念,这才是真正的平常心。修行时候专心修行,做事的时候用心做事,每天二十四小时,像我这样的人也只能用一两个、两三个小时来做做功课,念经修行。修法的时候就要一心一用地专心修法,不要夹杂散乱,如此方能速得成就。

有了一颗平常心,有所得时就不会过分贪求;有所失,也不会过分烦恼;有了荣耀,看成是大家的成就;受到毁谤,反而觉得受到了教益。能以平常心处世,人生何处不春风?所以,保有平常心的方法就是要得财不喜,失利不忧,享誉不骄,受谤不恼。

一个人有雄心壮志,当然能做事;但怀有平常心,才能把事做得更好。因为心无障碍,自然能发挥出全部潜力。

愤怒是痛苦，宁静是极乐

当一个女人内心宁静，生活中的杂乱与烦恼便对她不予干扰。以她的安详与宁静，生活亦为之改变，宛如夏日习习清凉的晚风能消散那酷暑闷热的不悦。随之每个接触她的人都能从中感受到她内在的无穷魅力。

一个女人若想保持美丽身心，须时时克制自己的坏脾气。因为，暴怒只是兽类的天性，绝非人类固有，文雅平和才是生而为人的优点。一旦内心失去宁静，愤怒占据相续，一个女人所具有的魅力将顿时荡然无存。此刻的你，已无法忆起昔日镜中倩倩容颜。

当一个人正处于暴怒中时，脸庞紫胀，脉络涨满黑血，眼里燃起戈耳工①的熊熊怒火。愤怒的女人恰似戈耳工一般让人避之唯恐不及，又怎能有吸引力，打动人心呢？

一些经常发怒的女人说：我们也希望获得平和，然而我们无

---

① 戈耳工是蛇发女妖，传说有三位：斯忒诺、欧律阿勒和墨杜萨。任何人见到戈耳工的头或被其目光所及，就要化为石头。

法宁静，生活中不如意的事情实在太多了……

事实上，如今大部分女人都处在纷繁忙碌的状态中，既要从事谋生职业，又要做好贤妻良母，在如此双重角色的位置上，于是你便感到身心俱疲，负担很重。在上司面前你要尽力做一个好下属；回到家还有一个大大咧咧的丈夫和一个令人操心的孩子。一大堆的脏衣服等待你洗，混乱不堪的房间等你收拾，然而你已无暇顾及那些了，你火烧火燎地冲进厨房，手忙脚乱地操练着锅碗瓢盆，力求尽可能快地端出全家人的晚餐，可是孩子哭声骤起，丈夫却不闻不问，你胸膛的愤怒就像炉灶里的火一样直窜脑门。你冲出厨房，朝丈夫宣泄愤怒，在你怒目而视之际，厨房里又飘来了浓浓的焦煳味……天哪！一切的一切都在惹你心烦。

"你的愤怒是有理由的，但却是无济于事的。"明白这一点，你便找到了调整自己的突破口。既然这是一个客观的现实，那么，最好的办法莫过于拥有坦然而安详的态度，这是非常重要的。

最好的调整方法是：心平气和。即对生活中如意及不如意的事，皆抱以客观的态度，平心静气地接纳，并积极地采取相应措施；同时对自己或者对别人都有切合实际的评价，不以过分的要求为难自己，也不以不切实际的标准令别人勉强。能够这样去做，自然能避免许许多多的烦恼。

"世上本无事，庸人自扰之。"普通人不是高僧圣贤，没有六根清净的境界，但若能保有淡泊平和的心境，不去自寻烦恼，确有非常之益。试想，如果能够如此"心平气和"，宁静怎么会不属于你？

烦躁与愤怒在扰乱内心宁静的同时，也在你的面容上留下不愉快的痕迹。一个快乐的人到了一定年龄，皱纹会在脸庞合适的位置上生成，那些皱纹无论深的还是浅的，都是一种愉悦的标识，向人们展现一个快乐的灵魂，让看到的人感染到其中的快乐。同样，一个时常愤怒或忧虑的人，皱纹会在面孔的另一些位置出现，无论是深的抑或浅的，似乎都在向人诉说着不满和令人不安的故事。人们见到这样的脸，会立即紧张起来，即使是快乐的人也会自卑，她看起来不幸，别人的快乐也许会使她伤感吧……于是尽量屏气敛声。你瞧，这样的人，还有什么魅力可言呢？

当你因地制宜地去生活，对那些无法控制的事能够处之泰然，宁静便会翩翩降临。你终会具备宁静、高雅的魅力。

那么在日常生活中如何克服怒气，保持身心恬静、美丽、高雅的魅力呢，下面介绍两种简单的观想方法：

练习一：让我们观想一个情节，一个你熟识的人，一个跟你非常亲近的人，在某种情况下他失去了耐性，发起脾气来。这件不愉快的事可能跟他的感情有关，也可能是他个人非常不喜欢的事。他怒火中烧，完全失去了镇定，脑中创造出一种负面的能量，他甚至折磨他自己，或是乱摔东西。

然后你把注意力集中到愤怒对这个人外表的影响上。你会看到一种身体上的变化。这个人是你很亲近的人，你一直很喜欢他，每次见到他时你都会很开心，但是现在他变成一个可怕的人，他的外表看起来很丑陋。为什么我要你们观想别人？因为我们比较容易观想别人的失败，而比较看不见自己的失败。所以运

用你的想象力，花几分钟观想这些情景，静坐一阵子。

在观想结束时，分析一下，然后将这个情况跟自己的经验归结在一起。你看到自己在同样的情况中好多次，然后你下决定说："我绝不要掉入生气与憎恨的陷阱中，因为如果我这么做了，我就会变得很丑陋。"一旦你做了这个决定，在观想的最后几分钟，你要将注意力集中在这个结论上，不要去想其他的。只是简单地让自己的心停留在平静的结论中，而不要再受到生气或憎恨的影响。

练习二：现在来做第二个观想的练习。开始先观想某个你不喜欢的人，一个老是干扰你，给你带来麻烦，或是让你神经紧张的人。然后观想这个人正在干扰你，或是做什么你不喜欢的事。在你的想象中，当你看到这样的情形时，你就自然地做出反应。然后看看你的感觉如何，看看你的心跳有没有加速等。检视一下你是觉得很自在还是不自在，看看你的心情是很平静，还是充满了不舒服的感觉。你花个几分钟，或许三、四分钟，自己来实验、评估一下。在评审结束时，如果你发现："是的，我绝不能再让这样的苦恼持续下去了！我就快要失去心情的平静了！"然后你对自己说："以后我绝不再做这样的事了！"保持这样的决心一阵子。最后你让自己的思想停留在这样的结论中，完成这次的观想。

为死而活着

不管你过的是金碧辉煌、富丽堂皇的生活还是如饿鬼、乞丐般忍饥挨饿的日子，不管你是否准备好，总有一天一切都会结束。不再有旭日东升，不再有灿烂白昼，不再有一分一秒的光阴。你收藏的一切，不论是弥足珍贵的还是已经忘记的，都将留给别人。人生为何？什么才是人生的意义？——"死"。人一辈子生活的意义何在？最简略的答案就是为死而忙碌一生。可惜很多人却不知死后该何去何从，认为人死了一切都结束了，不再复活，不再重演，轮回有无存在又有几人知晓？若真是人死了犹如水干火灭一样，不再有轮回的存在也就罢了，可惜残酷的现实让人不容置疑。很多宗教和信仰者都共同承认轮回和灵魂的存在，还有深邃悠远的历史记载和现代科学论证的证明。在世界上，能证明轮回和灵魂存在的论据是相当充分的，但是反之能够证明轮回和灵魂不存在的证据为零，只有毫无根据的理论，目前为止还没有人能举证轮回和灵魂的不存在。

你的财富、名望和世俗的权力都将变成细枝末节的事情，不

管你拥有的还是亏欠的，都不再重要。

你的嫉妒、冤枉、挫败和妒忌之心终将消失。甚至一辈子呵护爱惜的五蕴构成的色身，也终将留在最后停留的那个地方，没有自由。

你一生当中疼爱的亲朋好友或仇视的敌人也都将失去，不再拥有，相当于在酥油中拔毛一样不沾一滴油。

同样，你的失望、雄心、计划和未竟之事都将终止。曾经无比重要的成败得失也将褪色。你来自哪里，用什么方式生活都不重要了。

你是貌美如花还是才华横溢也不重要了。

你的性别、肤色、种族都无关紧要了。

那么什么变得重要了呢？你有生之日的价值怎么来衡量呢？

重要的不是你所买到的，而是你为众生所创造的一切。

重要的不是你所得到的，而是你所付出的，对可怜的众生所做的四布施。

重要的不是你的成功，而是你的价值，你为人类所作的贡献。

重要的不是你学到的，而是你传授给别人的和调服你自相续当中的烦恼而取得的成就。

重要的不是你的每一次正直、怜悯、勇敢和牺牲，而是你的行为能够使人充实，让人强大或是能够激励他人，让他们以你为榜样并作慈悲喜舍。

重要的不是你的能力，而是你自己在能力范围内如何去利益他人、减轻他人一点一滴的苦痛。

重要的不是你认识多少人或你认识的人的权势和地位等，而是在你离开时，有多少人感到这是永久的损失，留下了美好的回忆。

　　重要的不是你的记忆，而是跟你接触和认识你的人对你恋恋不舍的记忆。

　　让我们的一生不是因为偶然而变得重要，不是因为环境变得重要，而是我们自己如何选择让自己的生命有意义。

　　望红尘的每个过客都过得有意义！

快乐与享乐

有时候人们会将快乐与享乐混为一谈。我认为一个最快乐的人是一个自由自在的人，不用再受苦，是一种真实而长久的快乐。快乐与我们的心灵精神有关。来自肉体的享乐是不可靠、不稳定的，今天有了，明天可能又消失了。

每天我们都会面对许多决定与选择。通常我们不一定会选择"对我们最好"的决定，而部分的原因即是，"正确的选择"通常都是最困难的抉择——必须要牺牲一些个人的享乐。

享乐可以从亲爱的人的微笑与拥抱中感受到；在一个寒冬微雨的午后，泡在温暖奢华的浴缸里是种享乐；欣赏夕阳西下的美景也是种享乐。同时海洛因创造的高潮、酒精的熏然、淫乱的狂野、赌博的刺激都是种享乐，而且是非常真实的，虽然我们找不出一个容易的方法来避免这些具破坏性的享乐，但我们可以随时提醒自己：我们要追求的是快乐的生活，而非享乐。这是一个你绝不会混淆的事实。只要我们能将这样的想法放在脑海中，我们就很容易避免掉那些会让我们受伤的事情，而那些事情很可能是让我们觉得极端享乐的。这也就是为什么说"不"是非常困难的了！因为"不"代表着拒绝某些事、放弃某些事，甚至否定了我们自己。

不过还有一个更好的方法是：在做每个决定之前，先问自己："这会让我快乐吗？"这个问题虽然简单，力量却无穷，可以运用在生活中的每一个细节上，从拒绝吸毒到拒绝第三块香蕉奶油派都有效。将这个问题放在脑海中，我们不会再有被拒绝的感觉，而会很清楚地知道，自己在追寻的是人生永无止境的快乐。这种快乐是稳定而持久的。不论我们的人生有什么样的高低起伏与变化，这样的快乐情绪都会永远跟随着我们。这是种正面的情绪，能帮助我们做出正确的抉择，让我们有所得，而非放弃或否定自我。这是种往前看的乐观态度，而不是退缩逃避的心理。我们能因此参与生命，而非拒绝生命。追求快乐的潜意识对我们的影响深远，不但能让我们视野辽阔，打开心胸，也更能享受生命！

人生追求的是一些基本的快乐，譬如我们肉体所需要的食物、衣服、住处，都是必须要满足的。一旦这些快乐获得满足，情况就很清楚了：我们并不需要更多的金钱，不需要更成功或更有名，也不需要更完美的身材或更理想的伴侣。就在此时此刻，我们有一个清醒的头脑与心智，就足够我们追求人生的快乐了！

勿失己道，莫扰他心。

每个人的生活都不会尽善尽美，找出使你痛苦的原因，你会成为一个真正快乐的菩萨。

第二章
斩断烦恼，拥抱快乐

面对困境

虽然说人人都经历过痛苦与折磨，但我总觉得在东方文化中，对于痛苦特别有忍耐力与包容心。部分原因来自他们的信仰，部分的原因来自贫穷国家随处可见的饥饿、贫穷、生病、死亡等痛苦现象。在这样的真实生活中，一个人不得不承认生命是苦，痛苦是人生的自然本质。

在西方文化中，快速的生活步调使人们尽量想办法减轻痛苦，却也似乎失去了处理痛苦的能力。在社会学家的研究中，都强调西方人的心理普遍认为这世界是个生活的好地方，人人的生活基本上是公平的，值得有一些好事发生在身上。这样的信念会带动他们过着健康快乐的人生，但是潜伏的困境与危机还是存在着，这会使他们很难活得快乐与健康。在这样的情况下，只不过一点点的创伤，有时也会造成心理上极大的不平衡，使人们失去对这个世界的信心，认为世界不再公平，我们不再被爱，于是痛苦就更强烈了。

不可否认，在西方的社会中，科技的进步确实减缓了肉体上的许多痛苦，但是另一种危险也诞生了。因为痛苦减轻到让人视而不见的程度，因此会有人以为痛苦不属于这个世间——而是例外的异常现象，是事情严重脱轨的征兆，或是系统出现失误的后果，使我们幸福快乐的权利遭到剥夺！

这样的思想背后其实隐藏着危机。如果我们认为痛苦是不自然的，是我们不该承受的，我们很容易就会将痛苦归罪于他人。如果我不快乐，那么我一定是某个人或某件事的"牺牲者"。这是西方人最通俗的思考模式。所谓的牺牲者可能是受害于政府、教育系统、伤人的父母、不健全的家庭、冷漠不关心的伴侣等。或者我们也会自我抱怨：我是有些问题，我有病，我受到遗传基因影响等。问题是我们持续寻找归咎的对象，让自己一直停留在牺牲者的角色中，也就不能超脱痛苦，而始终陷于愤怒、沮丧、怨恨的情绪中。

我们身心无法安顿，一直在想受苦的很多种原因。通常我们的精神或情绪会有一些自然的反应，但我们自己又会添油加醋，让原本已经负面的情绪变得更糟。譬如我们很气或很恨一个人时，如果我们不去理会这样的情绪反应，我们跟那人之间也比较不会形成紧张的压力。但是如果我们想到一个人待我们不公平，他是如何如何让我受到侮辱等，恨意便会持续滋长下去。这会让憎恨变得很强烈，而且很有力量。相对的，我们对一个人的执着与依恋也是这样产生的，我们可以持续想着她或他有多美丽英俊，人品如何高尚，于是我们对这个人的执着也越来越深。这表示我们若不断地强化我们的思想，最后我们的思绪就会变得紧绷而有力量。

我们也经常会过度敏感。对小事反应过度，或任何事都跟自己扯上关系，这都会增加我们的痛苦。我们常会碰到小事就紧张兮兮，然后夸大其词，对真正的问题却毫不关心，其实那些才是真正影响我们生活，对我们来说有密切关联的事。

我想广义来说，一件事发生时，你的反应会决定你受苦的程度大小。譬如你发现有人在背后说你的坏话，于是你极其生气愤怒，心中充满负面的能量，等于是你自己破坏了自己内心的平静安宁。你的痛苦完全是自找的。换个角度来说，如果你能避免做负面的反应，把这些中伤当作耳边风，吹过就算了，你就不会有受伤的感觉，更不会有痛苦或烦恼。虽然你不可能避免掉所有困难的情况，但你可以选择适当的回应模式，尽量不让自己受到干扰。

我们经常会过度敏感，对小事反应过度，或任何事都跟自己扯上关系，这都会增加我们的痛苦。一天天累积的痛苦，最后会变成痛苦的主要来源。心理治疗上称这种现象为痛苦"个人化"——一种窄化个人的精神领域，将发生的任何事情都跟自己扯上关系。

一个人会觉得不快乐，是因为我们认为自己是世界的中心焦点，只有我们自己在忍受难以言喻的痛苦。不快乐的感觉来自一个人将自己关闭在身体中，封锁在脑海中。

在我们每天的生活中，问题总是层出不穷的。但是问题的本身并不会自动造成我们的痛苦。如果我们能直接面对问题，将全副精力用在解决问题上，这时问题就会转化成为挑战了。如果我们把自己丢入混乱中，感觉自己碰到的问题是"不公平"的，我们加进去的这个成分就会像是汽油一样引爆，使我们的精神受苦，心灵不得休息。现在我们不只有一个问题，变成两个了。那种"不公平"的感觉打击我们，腐蚀我们，夺去了我们原本要用来解决真正问题的精力。

我们经常会因为感觉到不公平的待遇而受苦。所以最重要的是先要接受人生是苦的概念。我想在面对这个难题时，西藏人的一些观念很值得参考。因为他们会说："或许这是上一辈子造的孽吧！"他们会将这个悲剧归咎于这辈子或上辈子所犯的错，这样他们就比较能接受这个事实了。有些人很悲惨，但是他们会说"这是他们前世种下的因果，这是他们命中注定的"。

谈到因果，要说明一个重要的观念：有时候一些人会误解了因果报应的道理，而把所有的事都归咎于因果，以摆脱自己的责任，掩饰自己当初做错的地方。一个人可以简单地说："这是上一辈子的因果报应，我过去造的孽，我能怎么样呢？我一点办法也没有了！"这就是完全误解了果报的观念。因为一个人的经验确实会受到上辈子所作所为的影响，但并不表示这个人就毫无选择，或完全没有改变的空间，特别是向善的改变。这个概念适用于一生中的各种情境。一个人不该因此而消极，认为所有的事都是因果报应造成的，而放弃了积极进取的心。因为一个人如果正确地了解果报的观念，就会明白所谓的因果报应，真正的意思是"行动"。因果报应就是一种行动的过程。当我们谈到果报时，指的是上一辈子所采取的行动。所以我们的未来如何，其实有大部分是掌握在我们手中的。我们现在的努力对未来一定会有影响。

所以绝不可以用消极的、死板的想法来看因果报应的观念，

而应该把因果报应当作是一个积极的行动过程，这表示我们个人在因果报应中，扮演着重要的角色。举例来说，就算只是一个简单的动作或目标，譬如吃东西，为了达到这个目标，我们就必须采取行动。我们需要去找食物，然后把食物吃下去。这表示即使是一个简单的动作，一个单纯的目标，也需要行动才能完成。

如果是相信基督教的人，或许可以将自己悲惨的境遇解释为上帝的旨意或安排。他们会觉得即使自己遭遇不幸，权威而仁慈的上帝会这么安排必然含有深意，在事情的背后或许有他们不明白的道理存在。我相信这样的信仰能支撑他们，帮助他们度过困难的时期。

对一个没有信仰的人，或许实际的科学研究能帮助他。我想对科学家来说，客观的心态，不带情绪因素的研究态度是非常重要的。从这个角度出发，我们可以用这样的态度来想："如果这是个问题，就去解决问题，即使是要上法庭也在所不惜！"然后，如果你发现赢不了，就干脆放弃算了。

在面对困境时，客观的分析是非常重要的，因为你用这样的态度来看事情，就可能发现在事情的背面还有真相。举例来说，你觉得老板对你的态度很不公平，但事实上可能是其他的因素在作怪，可能是他被人责骂了，或是早上出门时跟妻子吵架了。他的态度可能跟你个人无关，搞不好也不是针对你而来的。当然你必须面对现实，但却不会用胡思乱想增加自己的不快。

这种科学的客观态度，对于解决自己创造的痛苦会不会也有帮助？在遇到不公平的状况时，是不是也能减轻痛苦的感觉？

这样的态度一定会有不同的结果。一般来说，如果我们用一种公正而诚实的态度看待一件事情，就会了解到，我们自己对这件事的后果也有责任。

　　碰到问题时，我们最通常的反应是归咎于人，责怪外界的环境不配合等。再来就是我们会抓住某个造事的因素，想办法推卸自己的责任。一旦任何事情牵涉到情绪问题时，事情的表象往往与真实会有相当的差距。这就是要经常练习看事物的全面，了解到一件事情的发生是由很多种因素造成的。

痛苦的基本原因

这个世界是不完美的，我们每个人也都是不完美的。每个人都曾经做错过，也都曾经后悔过——后悔做过的事情，后悔没做的事情，后悔该做而没做的事情。认知我们做错的事，真诚地忏悔，能让我们走向正途，在适当的时候矫正自己的错误，以后不再犯错。但是如果我们一直让懊悔的感觉持续并恶化下去，就会变成一种罪恶感，我们的心中会一直背负着过去的罪恶，不断地自我责备、自我伤害。这样的结果只会造成残酷的自我惩罚与自找苦吃。

人是有可能完全接受自己的，包括自己的无能、弱点与错误的判断。人有能力认知最坏的状况，也会有情绪化的反应，但却不应该因此一蹶不振。对于自己做错的事情有悔意，但不能被它打败，不能因为后悔而消沉沮丧，忘记了自己的人生目标。

能心中毫无负担地活着，不被后悔击倒，可能跟文化背景有点儿关系，在藏文中并没有类似于"罪恶"这个词，但却有"懊悔"、"悔改"或"后悔"这样的字眼，都带有"在未来痛改前非"的意味。或许文化的差异是有点影响力，但我相信依照上面的方法，给自己另一种思考的方向，给自己的心智一点训练，任何人都能学着摆脱"罪恶感"，过上快乐的生活。

当我们发现自己犯下大错时，心中自然会升起罪恶感。罪恶感带来的最大痛苦是：认为我们造成的任何错误都是永远不能改变的。其实万事万物都在不停地改变中，我们所犯的错误也可能已经改变，而痛苦也随之消退。这是改变带来的正面效益。但是从负面来说，我们也经常在拒绝改变。要解脱痛苦的第一步，就是检视痛苦的基本原因：拒绝改变。

观察痛苦的成因是一件非常重要的事情。一个人首先要了解生命是无常而短暂的。所有的事物都是有机体，在不断地变化，没有任何东西能恒久不变。想想人体的血液循环，就能了解这个道理：我们体内的血液是不断地流动的，从没有静止的时刻。世事的瞬息万变就像是一项既定的机制。也因为变化与无常是生命的本质，所以我们没有能力持之以恒，也无法永保现状。也因为所有的东西都会改变，所以没有所谓的永恒不变，或能运用自己的能量保持不变的事物。世间的一切都是如此，随着外界的因缘际会而消失。无论你在某个时刻有多快乐、多享受，那样的时光也是稍纵即逝的。这就是佛家所谓的痛苦的基本来源，也就是人不得不面对的无常之苦。

在佛教的基本概念中，生命是变化无常的，认知生命的无常便是一项基本的修行。体认无常有两个主要的功能。一个是从比较传统的层次，也就是日常生活中认知生命的无常——人体是极为脆弱的，我们不知道什么时候自己会死亡。接着一个人便能体

会到生命无常，只有心灵是自由的，能从不断的轮回痛苦中解脱出来。这时修行者才能下决心，将自己的时间用在对自己最有利的事情上，也就是修行，以追求心灵的自由解放。另一个是较高深的层次，了悟万事万物的无常。一个修行者会开始追寻，想要找出真相的真正本质，这样的追寻与理解会驱除我们的疑心妄念，而疑心妄念正是我们终生痛苦不断的主要原因。

了悟生命的无常是佛教的基本教义。不过另一个问题又来了：佛教所说的无常概念，可以应用到非佛教徒的生活中吗？如果我们能了解"无常"就是"改变"的意思，那么这个答案绝对是肯定的。总之，无论是从佛家的观点，或是西方科学的观点来看，都只存在着一个事实：生命是不断改变的。但是在某种程度上，我们都拒绝接受这样的事实，拒绝接受生命的改变，于是我们不断地受苦。

接受生命是在不断改变中的这个事实，能大量减轻我们自己创造出来的痛苦。我们最常自讨苦吃的事就是不肯放下过去。如果我们将自己的外表定义为绝不会改变，跟过去完全一样，或是过去我做不到的事，现在也一样办不到，那么我们可以确定地说，当我们变老时，也不会更快乐一点。有时候我们越想掌握什么，我们的生命却会变得越怪异、越扭曲。

接受生命无常的基本概念，可以帮助我们应对各种问题，能让我们以一种更积极的角色去学习理解生活中所发生的正常改变，避免产生更严重的焦虑——这种焦虑正是我们痛苦的主要因素。

坚信人性的本质

我们已经知道，人都是要追求快乐的。我们也很清楚，爱、情感、亲密、怜悯等感觉能让我们觉得快乐。我相信每个人都有能力追求快乐，都能让心中充满温柔与慈悲，因为这些特质会让我们感觉快乐。事实上，我不但相信每个人都有能力慈悲为怀，而且人人都有一颗温柔的心。

佛家的信念中有所谓的"佛性"，强调的就是，任何有感情的生物都是温柔、没有侵略性的。我们可以直接运用这样的概念，而不必诉诸所谓的"佛性"。因为我觉得人的感情与慈悲心并不只是宗教领域的观念，也与每天日常生活有关。

首先，我们可以看看人类的生活模式，由生到死，无不受到感情的影响。我们生下来就会吸母亲或某个人的奶，这就是一种情感或怜悯的行为。如果没有这样的能力与机会，我们就不能存活，这是非常明显的。但是如果没有一个共感的对象，这样的行为也不会发生。拿孩子来说，如果不是他感觉到给他奶喝的人是有爱心、亲密感情的，或许他也不会喝她的奶；如果不是母亲或

任何一个人有感情，奶水或许就不会来了。这就是人生，千真万确的人生。

其次，我们的生理结构也是比较适应爱与怜悯的感觉的。我们明白平静、温柔、正确的思维模式对我们的身体与生理健康是有益处的。相对的，沮丧、恐惧、不安、愤怒的情绪对我们的身体有害。

我们也可以体会到爱与怜悯对我们的健康有影响。只要别人对我们表现温情与爱意时，我们立刻能明白它们带来的影响力。或是我们也可由自己内心出发，看看爱与温柔的心，对我们自己造成什么样的影响。当我们心中充满爱意，并进而诉诸正面的行为时，我们就会拥有快乐的家庭与社会。

我相信人性本善，也因此我们能和谐一致地生活在充满温馨的世界上。

当然我们不能忽略身边出现的冲突与紧张，这不只出现在个人身上，也出现在家庭中，甚至影响到社会、国家与全世界。也因此，有些人认为人性本恶，他们甚至由历史指出，人类比其他哺乳类动物还残忍，或者说"是的，怜悯是人性中的一部分，但愤怒也是其中的一种，在人性中包含着这些不同的特质，而且每种特质都占相同的分量"。虽然有如此说法，但是我仍然坚信人性的本质是充满善意、怜悯、温柔的。人类的价值也就在这里。愤怒、暴力、侵略性当然会有，这些情绪并不是我们天性中最基本的特质。这些也都不是与生俱来的，而是后天的一些无奈和逼迫，甚至受到极大的伤害，比如生命危险等。但我认为那是较低层次的情绪，而我们之所以会有那样的情绪是因为我们觉得沮丧，而沮丧则是因为我们没有获得爱与温情。

虽然人性中会出现恶的那一面，但我认为许多冲突其实都是可以避免的。这些冲突其实有些是来自人的聪明才智，才没有得到正确适当的发挥，或是误用了聪明才干。我想比起其他的生物，人类是非常脆弱的，但是因为我们有聪明智慧，可以发明出许多器具、方法来克服大自然。当人类社会与居住环境越来越复杂时，这时就需要更高智慧与才能来应对日趋复杂的生存问题了。我相信人性本善，而聪明智慧是从善良的本性发展出来的，才会有好的结果。如果人类的聪明智慧是在不平衡的状态下发展出来，而不是从善的出发点开始，结果就真的可能变成具破坏性，带来灾难。我认为，现在世界上发生的任何灾难都是人类聪明才智没有正当发挥而造成的，跟人类的行为有着直接或间接关系。比如玉树地震和其他的自然灾害虽然是天灾，难道没有我们人为对自然破坏的因素吗？

不过我想最重要的是，当我们发现冲突和环境所带来的灾害是因为人的聪明才智造成的，这时就有必要用人的聪明才智找出解决的方法。当人类的才能、善意与爱心集合在一起，就会出现有建设性的结果。当我们的知识、教育与爱心结合起来时，我们就会懂得尊重他人的观点与权利。这是一种心灵和谐的境界，届时所有的冲突与侵犯或灾害都可迎刃而解了。

面对生命中的难题

　　如果想轻松地面对人生的种种磨难，转换角度的能力是最有效、也最有力量的。用不同的角度看事情会很有帮助。如果我们能不断地练习，就能在遭逢不幸时以清朗稳定的心灵面对一切。一个人必须要了解的是，任何现象、任何事件都有不同的角度。所有的事情都是息息相关的。

　　通常问题发生的时候，我们的心胸都会立刻变得狭窄起来。我们的注意力都集中在担忧这个问题上，我们也会觉得只有我是唯一在受苦的人。我们会变得以自我为中心，这会使问题显得更困难。在这样的状态中，我想转移角度看事情会非常的重要——譬如了解别人也有同样的痛苦经验，甚至是更糟的经验。这个转移角度的练习对某些病痛也有效。身体有病痛时确实非常难受，这时做正式的静坐观想会很有帮助。但是如果你能做比较，从不同的观点来想，总会有些新发现。如果你只关注于一件事，那件事就会变得越来越严重。如果你越紧张，那个问题也越难解决。但是如果你拿它跟别人身上发生的大事相比，从不同的角度来看，你会发现自己的遭遇不过是一桩芝麻小事而已。

如果有人让你生气，让你觉得受到侮辱了，你第一反应就是愤怒，尤其是这种怒气并不会因为事情过后而消失，以后你每想到这件事情，就会再生一次气，要怎么处理这样的状况？在遇到这种情况时，你能换一个角度来看，别人让你生气的这件事也会有一些积极的意义、正面的价值。如果你仔细想想，你会发现让你生气的这件事，也给了你一个难得的机会，只要你肯花一些精神，你就能看到事情的不同层面，对你一定有帮助。

如果花了精神，也看不出事情有任何的正面意义，在这种情况下，你需要经过一些自我训练，花一些时间仔细去想这件事到底有哪些正面的意义，不要浮皮潦草地想一下，要仔细地一点一滴地去想。你要拿出全副精力，尽量客观地看这件事。因为当你对一个人生气时，你可能会认为这个人百分之百都是错的，没有一点点好的地方。就像你受到某个人吸引时，你也会倾向于把那个人想得十全十美。但是这些想法都不是事实。如果你有一个朋友，你觉得他是个接近完美的人，一天他无意间伤到你了，你就会警觉到原来他并不是十全十美。相对的，你痛恨的那个敌人，如果真诚地要求你的原谅，向你表达善意，你可能也不会一直认为他是十恶不赦的坏人了。也就是说，虽然你很讨厌一个人，觉得他一无是处，但事实的真相却是：没有一个人会是百分之百的坏人。只要你肯努力去研究，一定能找出一些好的地方来。我们之所以会看一个人一无是处，是因为我们只从自己的角度，而不是由事实而从客观的角度来看待别人。

你可以用这种方法去观察一个人，从一个被你认为是缺点一

堆的人身上找到正面的优点。不过我认为你光是找到他的优点还不够，你还必须强化自己的思想，不断地往积极面去想。你要时时提醒自己往正面去想，直到你慢慢感觉到改变才行。一般来说，一旦你碰到棘手的状况，光练习转换观点思考一两次是不够的，不如将这种改变态度的思考模式当作是一种学习、训练、改变自己的过程，你才能真正地面对生命中的难题。

如果你真的花了很多时间，还是找不到那个人的优点时，你干脆就把这件事忘掉算了。

面对敌人时，一般来说，我们当然不愿意我们的对手身上发生好事情，但是如果真的因为你所做的事，让他倒大霉了，你又有什么值得高兴的呢？想清楚这一点，你就会知道这是很卑劣的行为。而且你得每天背负着敌意与病态的思想活着，你真的想要做个这么恶毒的人吗？

如果我们真的向敌人展开报复，就会陷入一种恶性的循环中。如果你报复，别人当然不会接受——他又会报复回来，你再报复回去，这样就没完没了。如果这样的事发生在国家或部落之间，会一代接一代持续下去。结果是双方都在受苦，生存的目标也不正确了。过去你会看到这种现象，那种恨意是对整个国家、族群的恨，而且是从孩提时代就开始萌生的恨意，这是非常让人伤心的。所以憎恨与愤怒就像是渔人的钓钩，我们要很小心才不会上钩。

现在有些人说，强烈的同仇敌忾才会凝聚国家的力量，我觉得这是非常负面的思想。这是一种非常短视的想法，只有非暴力与理解心才能化解这样的思想。

在佛家的教义中，有许多是跟如何对待敌人有关的。因为憎恨是阻碍我们修行慈悲与快乐的绊脚石，如果你能学习包容、宽恕你的敌人，这样其他的事都好处理了——你会很自然地发展出对万事万物的慈悲心。

对一个修行的人来说，敌人正扮演着最严苛的角色。在我来说，慈悲心是修行的本质。如果你想过着充满爱与慈悲的生活，宽容与忍耐是你需要先修习的能力。没有任何东西比耐心还不屈不挠，也没有任何东西比憎恨还要丑恶。所以一个人要尽一切努力，不要心怀恨意回报敌人，而要将这个机会当作是锻炼自己包容与忍耐的时刻。

事实上，在完成忍耐的修行时，敌人是必要的一个条件。如果没有敌人的行动，我们不会有机会产生忍耐与包容心。我们的朋友不会试练我们，给我们锻炼耐性的机会。只有敌人能提供这样的机会。从这个角度来看，我们该将敌人视作伟大的老师，感激他们给我们一个练习包容与忍耐的机会。

世上有千千万万的人，只有少数的人与我们产生互动关系，而会带给我们麻烦的人更是少数的少数。当你好不容易有这个机会练习包容与忍耐时，你应当心怀感恩。就像在自己的家中找到宝藏一样，你应该很高兴你的敌人给你这样一个珍贵的锻炼机会。因为你保有忍耐与宽容心，你就会避免负面的情绪出现，而这样的成果不只是你个人的努力，也是因为你的敌人提供给你这样的锻炼机会。

当然，一个人可能会想："我为什么要尊敬我的敌人？他哪里对我有贡献了？因为我的敌人完全没有想过要提供这种锻炼的

珍贵机会，更没想过要帮助我！他们不但没想过要帮我，反而处处想着要伤害我！因此恨我们的敌人是对的——他们完全不值得尊重。"事实上，我们的敌人充满恨意，蓄意伤害我们，正是他们所以弥足珍贵的理由。如果我们对任何伤害都一视同仁，那么我们会恨医生，因为他们在医治时或许会弄痛我们，在动手术时可能会伤到我们。但我们不会将医生当做敌人来恨，因为我们知道医生是要帮助我们的人。所以敌人也是同样的状况，他们是要帮助我们练习包容与忍耐，才伤害我们的。

要尊敬敌人，因为他们提供给我们成长的机会，这种提议乍听之下很难接受，但这种情况就跟一个人要练身体，想增加力量时，必须练习举重一样，当然一开始时，举重会让人很不舒服，但是经过不断练习，与重量对抗，最后我们就能增加自己的力量，举重所提供的不是立即的享乐，而是长期的利益。

想想看，如果我们这一生从没有过敌人或是任何障碍；或是从幼年时期到老死为止，我们碰到的人都在纵容我们、帮助我们、饲养我们（温和无刺激的食物容易消化），永远用一张小丑的笑脸讨好我们，我们的生活会变成什么样子？如果我们从刚生下来就被装在小篮子中（以后逐渐替换篮子大小），从来没接受过任何挑战与竞争——换句话说，就是每个人都把我们当作婴儿来看待，一开始时可能听起来不错，尤其是初生的婴儿阶段更需要如此的照顾；但是长期下去，一个人就会变成一团胶状的物体或是一个怪物——心智和情感与一头小牛差不多。正是生命中的挣扎与奋斗使我们成为我们。我们的敌人就是在试练我们，提供给我们一个成长的机会。

练习用理性的心态面对我们的敌人，学习用不同的角度来感恩敌人，的确是不容易做到的功课。到底我们要做到什么程度，才能真正地自我转变呢？西藏的圣者南卡宁波在十一世纪时写的经文，可以作为我们的借鉴，其中有部分内容如下：

　　无论我碰到任何人，愿我都将自己比作是最卑微的那一个，在内心深处崇仰其他的人！

　　当我被别人侮辱、压迫、打击时，愿我将这个稀有而珍贵的人视作难得的珍贵！

　　当别人出于嫉妒而中伤我、辱骂我时，愿我承受痛苦，让别人得胜！

　　当一个人有恩于我，却又伤我甚深时，愿我将他当作最高的精神导师！

　　总之，愿我直接或间接地给予人们幸福快乐，让我自己默默地承受所有的伤害与痛苦吧！

乐在工作

有朋友跟我讲，看了我的博文深受启发，他把我的博文打印出来，放在床头每天睡前看点儿。他说："在我上床睡觉时，真的觉得只要我努力，就能获得快乐，真正的幸福就在不远处等着我。但是第二天早上，我必须在五点钟醒来，然后乘车一小时才能到办公室，在我踏进办公室的一瞬间，一切都改变了——我需要应付压力、要求，我的老板是个混蛋，总是过分苛求，他希望我们即使没有加班费可领，下班后也要工作到很晚，而他对这一点更是毫无感激之心。他很粗鲁无礼，一点也不值得尊敬。我也受不了我的同事，有一个同事老爱惹是生非、在人家背后说坏话，她接手别人的客户，在同事之间制造分化，让整个部门形成好几个派系，变成壁垒分明的不同阵营。突然之间，追求快乐的想法似乎消失得无影无踪，全都蒸发掉了。所有事情都闹哄哄的，我差点要喘不过气了，更别提还要去磨炼自己的心智或是追求内在的提升。我已经撑到了一个临界点，几乎每天都害怕去上班了。但是我需要工作、需要有收入，我不能辞职然后指望着找

046

到另一个工作。所以我要如何在工作中找到快乐呢？"

其实有很多因素会影响工作所带来的快乐程度，而且这也会随着个人所处的情境与性格等，出现不同差异，我想最重要的是要记住：在所有人类的活动中——不论是工作或其他活动，主要的目标应该都是促进人类的利益。好，那我们在工作中要追寻的是自我实现、充实、满足、快乐的感觉，不是吗？如果我们谈论的是人的快乐，那么人的情绪当然有其影响力。所以我们特别注意工作中的人际关系，要如何与他人互动；而且就算是在工作中，也要保有基本的人性价值。

基本的人性价值就是人性中善良的一面。做一个好人，一个仁慈的人，对人温暖、关爱、真心诚意、有慈悲心。

在谈论人性价值、慈悲心等话题时，我想有一件事必须要牢记在心——这并不是单纯的宗教议题。慈悲心并不是什么神圣之物，而愤怒与憎恨也不只是基于宗教观点，才被认为是亵渎之事。这些事情之所以很重要，并不是因为宗教典籍这么说，而是因为我们的幸福快乐来自这里。这样的心理状态——慈悲心、关怀我们的心智与情绪健康，以及我们在工作、家庭中的所有人际关系，都有着显而易见的助益，甚至严格一点来说，最终对整个社会都会有好处。当我们培养出慈悲心，最重要的受益者其实是自己。毕竟，人类是社交的动物，为了生存，我们生来就要与人合作。不管一个人多么有能力，少了其他人的陪伴，也无法独自存活。当然，缺少了朋友，也不会拥有快乐、满足的生活。所以，在工作时，如果你有一颗温暖的心，以及关怀别人的感情，你的头脑就会更平静安详，这会给你某种力量，让你的脑力运作

更顺畅，判断力与决策力也更强。

我想基本上我们都是凡人，我们都有能力以温暖、关怀与友善来对待他人。所以，如果我们要找寻工作中的快乐与满足，就像在任何人类活动中找到快乐一样，人为因素——我们如何面对周遭的人、同事、客户和老板——都是最重要的。如果我们努力在工作中培养、维系良好的人际关系，多去了解别人，把天性中善良的一面带进工作场合，就能造成极大的影响与改变。这样不论我们做的是什么工作，都会是满足的源头。你会期望去上班，你也会很高兴待在那里。你会想着：哦！今天我要到办公室去看朋友们了！

这也是你可以自己做到、在工作场合中增进人际关系的方法。通常，人们都会等到别人先采取行动，但我认为这是错的。这就像是做了很久的邻居，却始终互不相识。所以，你一定要先采取主动，甚至是从上班的第一天开始，就试着向他人表示友善、自我介绍、打招呼，问问别人在这儿工作多久了等。当然，一般人可能不见得会接受这样的问候，就算他们没有立即回应，也不要放弃。再尝试一周或是一个月，最后，你可能发现总有人会回应你的。

有时候我们很容易放弃，就像有时我在某处，我会先微笑，但对方却不理会我，如果他们一直保持这样的态度，我也会做出同样的反应，忽略他们。

我想这就是人的天性。但这显示出一个人会如何影响他人的情绪；即便只是一个人，也能造成极大的不同。一个人也可能改变整个工作环境的气氛。你可以看到很多例子，一群同事互相处得不好，然后来了一个新同事，一个温馨、友善的人，不久之后，整间办公室工作人员的情绪与态度都好转了。同样的，你也会看到负面的例子，一群同事都很友善、相处愉快，但后来出现了一个新人，一个麻烦制造者，结果就影响了整体的士气，引发冲突与问题。所以，我们彼此之间都会互相影响，甚至可以改变工作气氛。从这个角度来看，基层员工应该要比老板更容易对自己的部门、自己切身的工作环境发挥影响力。

　　人为因素是工作中非常重要的影响力，这样的观念可以通行于任何场合，不论是在超市或股市、在会议室或是锅炉室，不管我们在哪里工作，都得设法跟周遭的人们和睦相处。

增进人际关系

增进人际关系，减少人际关系中双方冲突最好的方法是什么呢？其实跟人交往是一件很复杂的事。这里并没有一种公式你可以直接套用，然后解决所有的问题。那有点像烹饪一样。如果你想煮一顿很特别的大餐，中间就会有非常复杂的过程。你可能需要先将青菜分别烫好，然后再用油煎，最后用特殊的方式组合在一起，再加一点调味料，最后才能做出一顿美味的大餐。与人交往也是一样，中间有很多程序与方式，你不可能说："这就是公式"或"这就是技巧"。

虽然没有一种简单的方法能增进人际关系，但却有些实际可行的方法能让人们参考，我们谈到与人接触时要心怀慈悲，这是非常重要、也很难做到的。当然，只是告诉别人说"慈悲是很重要的，你一定要有更多的爱"是不够的。这样简单的教条是不会生效的。我们所能做的只是让一个人明白慈悲的价值，慈悲所带来的利益以及当别人对待他仁慈时，他会有什么样的感受等。先有这样的准备，他才能进一步真正地发展慈悲心。

同情共感的重要不只是在发展慈悲心时有用，当你与人交往发生困难时，不妨换个角度，站在对方的立场想一下，你自己会有什么样的反应。即使你跟另一个人经验不同，生活方式也不同，你也可以用想象去揣测对方的感受。你需要用到一点创意。这个技巧要用到的能力是必须让你自己站在对方的立场来思考，去想象如果你在同样的情况下，会做什么样的反应。这会帮助你了解别人的感觉，进而能解决彼此之间的冲突问题。

　　每当我遇到一个人，我总是会从彼此共同的立足点出发。我们有同样的身体结构、头脑与感情；我们都是父母所生，我们都会死；我们都希望快乐，不希望受苦。从这个基本的立足点来看待对方，而不要强调次要的不同点，譬如我是西藏人，或是我们肤色、宗教、文化背景不同，让自己感觉我现在遇到的一个人就跟我一模一样。我觉得从这样的角度出发，就很容易与人交流、沟通。

　　你没法用一个或两个简单的方法就解决所有的问题。不过是有些很有用的技巧可以帮助我们的人际关系进展得较顺畅些。首先，了解对方的背景资料会有帮助；另外，开放心胸，诚心诚意，都是与人交往时很重要的特质。

不能走极端

今天有一个人与我聊天，说他不想活了，或者想去一个很偏远的地方，永远也不回来，活着真没意思。我一直在规劝他，人不能走极端的，要保持平衡。

其实不走极端应该是现代人生活非常需要的指导原则。

这样的观念也适用于生命中的每个阶段。譬如在种植一棵树苗时，一开始你必须非常小心谨慎，太多的水分可能会淹死它，太强的阳光可能会晒死它。但是太少的水分或阳光也可能使它死掉。所以你必须保持平衡的环境，这株树苗才能健康地长大。对一个人的健康来说，太多或太少的营养都会造成问题。譬如说太多的蛋白质是不好的，但是太少也一样有问题。

保持中庸与平衡，避免走极端，对精神与情绪的健康也很重要。

如果我们发现自己变得自大，或是自吹自擂时，矫正的办法就是想想自己的问题与痛苦，注意自己生命中不圆满的部分是什么。这会让你情绪高亢的心冷静下来，让你更接近真实的人生。

相对的，如果你感觉自己处处不如人，沉溺在痛苦忧伤中，这时你是走向了另一个极端，也一样危险。在这种情况下，你会很沮丧、无助、消极，会想："哦！我简直一无是处！我是个毫无价值的人！"在这种情况下，你就有必要提醒自己已有的成就与光荣，或是其他能让你精神振奋的事情，使你走出忧郁沮丧的情绪。所以，保持平衡是非常重要的生存技巧。

保持平衡不只对一个人的精神与肉体健康有帮助，对我们的修行也有助益。

在佛教的修行中有许多的方法与窍诀，但是最重要的是熟练这些修行的方法，不要走极端。在这当中就需要用到平衡的诀窍，而要完成这样的修行，就必须保持不偏不倚的平衡感，否则有时聪明会反被聪明误。再不然就是过于强调修行的技巧，而没有实质的理解与学习，也会功亏一篑。总之，平衡是非常重要的。换句话说，佛教的修行，像是一种电压稳定装置一般，是要避免突发或过强的电流，以保持稳定而持久的电力。

有人会想，如果人的一生都避免极端，永远保持中庸，岂不是让生命显得平淡乏味、毫无色彩？

我想持这种观点的人需要了解所谓极端行为的起源。以追求物质享受来说，不管是买房子、家具、名车、名牌衣服或任何东西，在这种情况下，贫穷是一种极端，我们当然有权利去克服贫穷。但从另一个角度来说，太过奢侈，过多的财富也是一种极端。我们追求财富是为了安全感与快乐，但是如果我们不断追求财富，永远觉得不满足，这时的不满足就不是来自实际需要，而是来自心理的状态。所以走极端通常都是因为不满足而来的。

当然也有一些其他的因素会造成走极端。不过我想最重要的是，认识到走极端时所产生的刺激与兴奋感只是表象，实质上对我们是有伤害的。有许多走极端造成危险的例子。我想你若是能想出一些走极端的例子，就会发现结果大部分带来的都是痛苦。譬如我们很喜欢钓鱼，就不管钓鱼会有什么负面作用，只是拼命地钓，到最后可能影响到鱼群的生态，变得无鱼可钓了。

心胸狭窄也会让人走极端。如前面所说的钓鱼的例子，不管鱼群的生态，只知拼命滥钓，就是心胸狭窄的表现，也就是一个人只顾到短期的利益，缺乏广大的视野与长远心。这可以用教育与知识来改善。

狭窄的心胸经常会导致极端的思想。这就会产生许多问题。譬如佛教徒会认为佛教是最好的宗教，而且觉得世上的每个人最好都能成为佛教徒。想要每个人成为佛教徒的想法就是走极端。这样的极端思想只会造成麻烦。

现代社会让我们有机会接触不同宗教信仰的人，听到不同的宗教观点，这使我们更接近真实——了解到人世间有太多不同的思想层次。就算我们真想让全世界的人变成佛教徒，也是不切实际的想法。与拥有不同宗教信仰的人接触过，你就能了解其他人思想中正面的价值。其他宗教中也有很多感人的事迹，譬如1979年诺贝尔和平奖的获得者印度修女德兰等。（印度修女德兰，1979年诺贝尔和平奖表彰她"为克服贫穷所做的工作"。在授奖仪式上，德兰修女说："我以穷人的名义接受这笔奖金。"获奖后，她卖掉了奖章，将得到的所有奖金全部捐赠给贫民和麻风病患者。这就是德兰修女——穷其一生为那些贫穷的人当中最贫穷的、孤苦的人当中最可怜的人奔波服务的伟大女性。）当你有了正面的感觉时，你对其他的宗教也就有了正面的评价。我们会觉得如果有人认为其他宗教更适合他，更有力量，也是很好的事。就像是去餐厅一样——我们可以坐在同一桌，但是依照个人口味点不同的菜。每个人吃的东西都不同，却没有人吵架。如同藏地有句谚语："三十人有三十不同思想，三十牛有六十不同牛角。"

还有些人走极端表现在自己关注的、喜爱的人无论讲什么，都认为是对的，而对于反感讨厌的人，则无论讲的是否有道理，一概反对。这种极端会导致偏听偏信，失去公正的判断。"兼听则明，偏听则暗。"

我们在修行中，有些人极端地认为修行的技巧和窍诀只能在上师或德高望重的人口中讲出来，其实平凡人说的话也可能会让你一生受益，在日常生活中微细的琐事中，也许会有让你开悟的窍诀呢。黄金不都是在国王的国库中，也可能就在你的脚下。

所以我想，只要有意扩大我们的心胸与视野，就能避免因为走极端所造成的负面影响。

态度影响工作的喜悦与满足

"每天都重复着相同的枯燥而无味的工作，麻木的……机械的工作……心里很疲惫，怎么也提不起来对工作的热忱和兴趣……但这样的日子又必须得继续下去……"一个网友在我的博客中这样留言，所幸我的文字给了他一些慰藉。

当今社会这样的现象在很多人身上存在。既然我们别无选择，要生存就要工作，要赚钱。那么一个人对工作生活的态度就显得至关重要了，它会影响到一个人从工作中获得的喜悦与满足。一个人对于工作与生活满意与否，主要是来自他对工作和生活的看法与态度，而非来自薪水或行业地位等。

有一项研究表明，工作者大致可以分为三种不同的类型：

第一种人，把工作当成职业的人，最关注的是工作所带来的金钱报酬。他们对于工作的本身或许兴趣不大、不是很喜欢做，也得不到什么成就感。他们主要关心的重点在于薪水工资，如果被减薪或是有更高工资的工作机会，他们就会立刻放弃原来的工作，另谋新职。

第二种人，把工作当成事业的人，能激励他们的是工作带来的名望、地位与权力。这一类型的人或许是最勤奋的工作者，但是一旦升迁的机会停止了，他们就会开始变得沮丧不满，他们对工作的兴趣消失了，甚至可能会另谋新工作。

第三种人，把工作视为自己的"天职"，这些人是为了工作的本身而工作。这一类型的人很喜欢自己的工作，如果他们负担得起，就算没有酬劳，他们也愿意继续做下去。他们把自己的工作看成是很有意义的事、有更崇高的目标，能对社会有所贡献。可以想象的是，比起把工作当成职业或事业的人，把工作当成天职的人，对于工作会有更高的满意度，对自己的人生也会更知足。

这三种不同的态度，将深刻影响一个人在工作上所获取的喜悦与满足。

这种成就感与满足感跟这个人的动机也有关系。如果你只是为了钱、为了领到工资而工作，你就很容易对工作产生不满的感觉。就算你把工作当成是事业，也还可能心怀不满。一个人只关心事业发展、工作升迁、职称头衔的问题，可能就会激发出过度的竞争心，或是在无法如愿时产生挫败感，如果是别人升迁了你却没有，你也很容易变得嫉妒。这样一来，就很难在工作中获得满足，甚至还可能有树敌的危险。

一个人对事物的态度，会影响他在所做的事情中获得成就与满足。

我们在生活、修行中也是同理。譬如一个人刚开始接触佛法修行，起初，这个人还不太能深入理解佛经，但是要他每天精进

修法，如开始修五加行，磕大头，大清早要起床，深夜才能入睡，一边要学习佛法，一边还要做杂事。在这个阶段，他觉得这些是很烦人的事，而且疲累烦闷，做起事来也很勉强。然而，不久之后，他慢慢开始懂得佛经的深义，而喜欢起这些经文了，他也开始明白自己的所作所为代表的深刻意义与目标，他的态度于是有了改变。现在他不只是做这些工作，还会怀抱着极大的热忱去做，他既不会烦闷无聊、身体也不觉得疲累了。所以，即使他是花同样的时间在做同样的事，就只是因为态度不同，也让一切都变得不一样了。我想不论一个人做的是什么工作，不同的态度一定会造成不同的影响。

克服焦虑和恐惧的方法

　　当今世界上患忧郁症、自闭症的人越来越多，我想应该跟现代人生活工作压力大、生活圈子狭小有关系，在这种社会状态下，人与人之间相互缺乏信任感，邻里之间、夫妻之间矛盾冲突不断，这样很多人都会受焦虑或忧虑的影响，而这些忧虑对实际状况并没有帮助，只会阻碍他们的快乐，限制他们朝目标前进的能力。严重的焦虑与忧虑会毁坏我们的心理与生理，我们的情绪会受到伤害，甚至身体也会生病。

　　从精神层次来说，慢性的焦虑症会影响到我们的判断力，使我们焦躁易怒，妨碍一个人整体的行动力，而且对自身的健康也不利，还会造成很多身体的问题，譬如会妨害免疫系统的功能，造成心脏病、胃肠病、疲劳、肌肉酸痛、头晕脑胀、记忆力降低甚至完全丧失记忆等。

　　要解除焦虑的问题，我们首先要认知造成焦虑的原因有很多种。在某些情况下，焦虑与生理问题有关。不过，并不是所有焦虑的致病都跟生理有关，学习与环境可能才是主因。如很多佛教

团体和修行者中，忧郁症和自闭症很少发生，因为这些人可以通过学习佛教理论，身体力行地去实践佛陀的教育，在这样的环境中，会慢慢地心气平和。所以不论我们的焦虑来自心理或生理的问题，最重要的是我们可以想办法来对付它。可以服用药物，也可以适当的饮食与运动来增进身体健康、解除焦虑。但是很多的焦虑和心里的不安，是因为内心不平静，或者是爱钻牛角尖等原因造成的，这些就不是药物可以治愈的，而是要平衡自己内心，这样佛教中的自然观和无常观、因果观、空性观就能起到作用，培养自己的慈悲心，多关心别人，也能使我们精神更健康，更有能力面对焦虑的情绪。

在克服焦虑的方法中，有一种实际有效的方法就是以积极正面的思想与态度取代这种负面情绪。

恐惧与焦虑是阻止我们达到目标的主要障碍，不论是外在的目标或内在成长的目标。那么，如何克服焦虑与恐惧呢？

在处理恐惧时，我想首先我们要知道恐惧有许多种不同的面貌。有一些恐惧是很真实的，也有正当理由，譬如我们害怕流血、伤害等。我们明白这些都是坏事。另一种恐惧是害怕恶有恶报，虽然很多人口里说不相信因果，其实在做了恶事后，在内心深处仍然会惴惴不安，惶惶不可终日，害怕在将来会受苦，在这种极度恐惧和压抑的状态下就会产生焦虑不安。我想这种恐惧心是正确的，能让我们走上正途，使我们拥有一颗温暖的心。但是有些恐惧心是我们自己创造出来的。这些恐惧与我们心理有关。像是一些小孩子的恐惧感，就像我们小时候，走过黑暗的地方，特别是黑黑的屋中，我们会非常害怕——这都是心中所投射的思想造成的。或者是在我小时候，大人会跟我说，有一种猫头鹰专门抓小孩子来吃，我也会真的相信他们。

还有另外一种恐惧也跟心理的投射有关。譬如你有负面的思想，这是来自你的心理，但你将这种感觉加诸别人身上，于是那个人就会看起来很怪异恐怖，结果你就更害怕。我想这种恐惧与憎恨有关，也是心理的创造物。所以要想处理恐惧的情绪，首先要能理性地分析，你的恐惧是否有实际的根据。

以一般人来说，每天都有不同的事让我们恐惧烦忧，那我们用什么方法处理这样的问题呢？对我个人来说，非常有用的方法是训练自己培养这样的思想：只要这个问题能够解决，就没有什么好担忧的。也就是说，只要这个困难有解决的方法，我们就不要被它打败。我们该做的只是寻找解决问题的方案。与其担忧问题，不如寻找解决问题的方法。相对的，如果问题解决不了，也找不出方法，那么也根本不需要担忧，因为你再担心也一样于事无补呀！在这种情况下，你越早能接受现实，你的心情也越轻松。这个方法是要你直接面对问题，否则你永远不会找到解决的方案。

如果这么想了，却还是减轻不了焦虑感，那你需要多花点时间来加强这样的想法，不停地提醒自己。总之，我认为这个方法对减轻焦虑很有用，但也不见得对每件事都有效。如果你的焦虑持续不断，我想你属于特殊状况。焦虑也有不同的形态与成因。有些焦虑是跟生理状况有关的。譬如有些人有汗手，根据西藏医学的说法，这是过敏系统的不平衡所造成的。有些焦虑症，就跟忧郁症一样，是有病理基础的，对这些人来说，药物治疗会有

效。所以想要对症下药，你必须要先了解自己焦虑的原因是什么才行。

焦虑跟恐惧一样，也有许多不同的形态。有一种焦虑是很常见的，就是害怕在别人面前显得很愚笨，或是怕别人看到你的缺点。在这种情况下，适当的动机与诚实，是克服恐惧与焦虑的关键。如果有人要让我讲些什么，我会提醒自己，我之所以要给别人讲，是为了带给人们一点帮助，而不是要表现我有多伟大。所以我知道的，我就能向他们说明，而不知道的也没关系，我会说："对我来说，这是很困难的！"我没必要假装或隐瞒什么。这样的观点与动机使我不会担心自己表现得像个傻瓜，也不会担心别人怎么想我。所以我发现真诚的动机是消除恐惧与焦虑的最佳方法。

有时候焦虑不只是包括怕被人看作是傻瓜，而是一种害怕失败的感觉，一种无力感，这种情况该如何处理呢？以我来说，经常会有人来找我帮忙。有些人是来找奇迹的，也有些人希望得到灵药，当然我没有办法满足每个人。但我想最重要的是动机，要真心诚意地愿意帮助人。然后你只要尽力而为，其他事就不用担忧了。以我来说，也会碰到有很多人会把我当成一切希望的寄托，当作神一样认为特别有神通，要求我做一些超乎我能力的事情。在那种情况下，我当然也会感觉到一些焦虑。现在再回到最重要的动机上面。我会不断地提醒自己：只要我是诚心想帮助人，尽力而为就行了。只要我的动机纯正，心怀怜悯，就算做错了或失败了，也没什么好后悔的。以我的部分来说，我已经做到最好了。如果我失败了，那一定是情况超出我的能力之外。所以真诚的动机使你不再惧怕，而且充满自信。换句话说，如果你的动机是要欺骗别人，那么当你失败时，就会变得很紧张。但是如果你的动机是充满慈悲的，就算失败也不会有懊悔。

我要再强调的是，适当的动机是一种保护作用，能让你免于恐惧与焦虑。动机是最重要的事。事实上，在人们各式各样的活动背后，都有不同的动机。如果你的动机真诚又纯正，如果你的动机是帮助人，如果你的出发点是仁爱、慈悲与尊重，那么你就能承担任何重任，任何情况都不会担忧惧怕。你不会担忧别人怎么看你，或是你是否能达成目标。而就算你失败了，你也会为了自己曾经努力过而感到欣慰。如果你的动机不纯正，就算人们赞美你，就算你达到目标，你也不会快乐。

一个人的动机越以利他为目标，越不会感到恐惧，也越不怕会引起焦虑的环境。这个原则适用于任何小事件，就算一个人的动机并不是完全以利他为目标也一样。你只要退后一步，确定自己的动机是善意的，你并没有伤害人的企图，就能减轻日常生活中可能产生的焦虑感觉。

赚钱（一）

目前很多人抱怨生活压力大，钱难赚。那么，人们辛苦赚钱到底是为了什么呢？有人会说，为了过幸福快乐的日子，为了买房、买车……目的各不相同，但却给我们提示了一条基本信息，那就是赚钱只是提供给我们工具，去成就、完成其他的事情，赚钱只是一种途径，而非最终的目的。

当我们把赚钱的动机变成了目的，只是为赚钱而赚钱时，我们就会看不清赚钱的初始意义了。金钱本身只是一张纸，是我们的社会同意给予它这样的价值，它才变得贵重起来。纸钞本身并没有什么价值，真正的价值是上头所印的金额。这听起来也许有些可笑，但我认为有时候还是要提醒一下这个简单的事实。

当前社会有种普遍的认识，就是以赚钱的多少来衡量一个人的价值。对于很多人来说，工作不只是赚到薪水来养家糊口，而是对于自身价值的一个评估标准。很多时候对一个人的评价是以他工作收入的高低来反映的；能赚多少钱也可以直接牵动着这个人对自己的评估与重视，与个人自我价值感也是有着密切关联的。

一位退休的证券公司资深副总曾说：在过去几十年来，我一直是个优秀的股票经纪人，我曾经为客户赚到上百万的进账，也为自己拿到几十万的收入。当然，有些时候我也可能输掉这么多。所以，这些年来，我就像一颗篮球一样弹上跳下。当我赚到钱是个"赢家"的时候，我觉得自己绝不会出错，赚到钱的客户也对我赞誉有加，说我是个天才，我觉得自己是全世界最聪明的家伙。在这样的时刻，我会变得对别人很没有耐性，很爱批评责难，而且毫无包容心。然而，当低潮来临时，客户赔了钱，这时我就会陷入严重的沮丧之中，觉得很丢脸，有时候干脆就待在家里不出门，喝得烂醉，这样做当然无济于事。我觉得自己完全被打败了，就像个白痴，有几次在这样的情况下，我甚至想要自杀。

对大多数的人来说，我们所赚的钱与自尊之间的关系，并不会像这位股票经纪人这样如此戏剧化，但这个例子说明了一个重要的原则：如果我们选择以外在成就的标记来作为内在价值的评估标准，不论是我们赚了多少钱、别人对我们有什么看法，或是我们参与的工作有多成功，迟早我们一定都会被生命中无可避免的变化所打击。毕竟，钱财总是来来去去，并不是很稳定的自尊心的来源，也不可能让人从中建立起自我认同感。

尽管如此，根据社会学家的调查，大约有三分之一的人，不论他们从事的是哪种工作，重视金钱的回馈远远大于工作自身，并且只将赚钱视为工作的首要目的，也是工作中最重要的层面。如果他们感觉到自己的付出并未获得应有的报酬，就容易变得焦

躁易怒、心怀不满。

只是为了赚钱而赚钱，让我们变成贪婪的受害者，陷入永无止境的贪婪之中。我们永远无法满足，我们变成了金钱的奴隶。我有一些朋友，他们四处奔波，在各地飞来飞去，以追求更多的金钱，所以有时候我会取笑他们，叫他们是金钱奴隶。如果这样的追寻真的带给他们幸福快乐，同时实践了生命中的梦想，倒也还说得过去。然而，情况并非如此。事实上，真正的麻烦在于，他们永远无法满足，当他们获得了什么东西之后，就又想要别的了。如果他赚到一百万，就想要一千万；当他有了一千万，又会想要一亿。所以，除非我们学会说"这样就够了"，否则我们永远无法真正感觉满足。这就像是足球比赛一样，如果球门经常在变换，你就永远没有机会获胜。

也有的人追求金钱，并不是为了金钱本身或是金钱可以买到的东西，而是金钱所赋予的权力。他们的动机是获得权力。

我认为真正的权力，是来自于人们对你的尊重。真正的权力在于你有多少能力去影响别人的心智。譬如甘地是真正有权力的人，但这并不是源自他有多少钱。

以财富为基础所获得的权力是很虚伪的，只会流于表面，无法持久。他们尊敬的是你的钱，而不是你这个人，所以当你失去财富时，权力与尊重也就消失了。这种权力就像是用枪杆子要挟得来的，一旦这个人放下了枪，就得不到任何权力与尊重了。

赚钱（二）

　　有些人一旦学佛了，就觉得谈论金钱是很俗的事情，但是无论在家、出家，人是需要一定数量的金钱的。

　　金钱也是很有用的，可以买食物、药品，可以买到一个住处或是一段假期，可以提供机会等。一个人如果拥有了超过基本所需的金钱，则可以用这些钱来帮助他人，这也是非常好的事情。

　　金钱也可以成为造福人类的原因。我认为人性价值的基石，就在于对别人付出关爱。如果一个人经济困难、穷困潦倒，要他们实践人性价值就会有些困难。当你只能力图温饱时，很难愿意顾及他人。譬如保护环境很重要，但是如果一个人很饥饿，很可能就会砍树或挖矿，以换取食物来充饥。在担心环保问题之前，他们必须先解决当下要如何填饱肚子的问题。

　　不过我们今天要谈的是，人们并非只把金钱视为谋生工具，以满足食物或住处等基本所需，而是一个人对金钱的态度。

　　很多人相信只要拥有财富，他们就可以生活得更自由、更幸福、更快乐。

他们觉得：只要越富有，就会越自由。他们可以自由地到想去的地方旅行，做自己想做的事。只要成为亿万富翁，就完全自由了。可以想去哪儿就去哪儿、想做什么就做什么。

金钱被看成是获得自由的途径。在某种范畴内讲，金钱确实可以带来某种程度的自由，像不用再担心财务来源，也不必忧虑衣食住行的生活所需，就这点来说的确可以说是一种自由。如果一个人或一个家庭生活困苦，每天担忧的就是要如何生存下去，他们很可能就会相信，如果财务状况改善了，一切就都没问题了，因为这正是他们最关注的焦点。

金钱不止被看成是获得自由的途径，对许多人来说似乎都有一种认定，觉得金钱能够解决一切问题，这种观点是很危险的。

一个人在超越了贫穷层次，或是基本需求获得满足之后，拥有更多金钱就不能再带来更多的快乐。拥有庞大的财富并不能带来更多的快乐幸福，两者之间并没有任何关联。

对于一个只喜欢追逐金钱，完全不重视内在价值，也不准备敞开心灵接受金钱并不能带来幸福快乐观点的人，让他欣赏内在价值，并将它视为快乐幸福的源头，确实是很难。

对于一个即使已经有足够谋生能力，却仍然把赚钱视为工作唯一动机的人，首先要告诉他赚钱只是途径而不是目的，然后请他观察自己认识的或看到的、听说的人，大量的财富并不能带给他们幸福快乐。

当然，人们可以决定自己需要拥有多少金钱，但如果他们已经很富裕了，我就会向他们建议，如果能与人分享财富，将会如何变得更快乐，会有许多朋友、更好的名声，留给后人更有意义的正面影响，甚至在去世时也会没有遗憾。他们可以对自己说：至少我用了我的钱去帮助别人。

另外，我会建议他们暂停下来，省思一下自己创造财富的过程。如果他们认为金钱就等同于快乐，就会想要不断创造财富、陷入无尽的循环之中，即使在富裕之后也不停止。他们继续追求着那个难以捉摸的梦想。他们不断扩张自己的追求，想要获得更多。当他们越富有，各种麻烦难解的问题也随之增多。这是无法避免的事。所以，这样的人根本得不到他所追求的快乐与自由，而是获得相反的结果：现在他已是金钱的奴隶，要比刚开始时受到更多的束缚与奴役。如果一个人无法真正认清金钱究竟能带来什么，不管他们赚了多少钱，薪水有多高，还是会时时担忧着金钱不足的问题。这是因为他们赚得越多，生活方式也就越奢华、浪费，而花费自然也跟着水涨船高了。

要降低这样的忧虑，有两个主要的方法：第一是赚更多的钱，但这样做是否真的有效，仍然令人存疑。另一个方法就是减少花费，谨慎地控制适度的欲望，我想这才是最理想、也最明智的方法。所以，你该花点时间问问自己："我在做什么？为什么我要这么做？"然后思考这些金钱是否真的有其必要，这些活动是否真能带来好处？只要做个简单的自我反省，暂停下来思考一会儿，就会发挥作用、对你有所助益。

所以，我觉得最关键的重点，是要问问自己："我对于人生的基本愿望是什么？"如果人生愿望是向外发展的、以外在为取向的，认为快乐来自外在，是借由累积财富这样的外在途径来取得的，最后你就会无止境地陷于这个循环之中。如果你认为金钱

是很重要，但是还有其他同样重要或是更重要的事情能让一个人幸福快乐，我想这样你就会拥有一个更快乐的人生。

　　我的这种观点不足以说服每一个人改变自己的想法。因为就算是佛陀，也不能改变所有人的思想。

　　人间彼此的相互慈悲可分两种：一种含有烦恼，另一种不含烦恼。不含烦恼的慈悲，愈审察愈稳定、愈清楚，历久弥坚。但含有烦恼的慈悲，过一两天就没有了。

如何看待金钱

前面有关赚钱的话题，主要阐述了赚钱只是追求幸福快乐的途径，并非目的，而且只涉及追求财富，并不能创造快乐，其实如何看待财富，比拥有多少金钱更为重要。

就算一个人只是为了赚钱而赚钱，在他内心深处仍然相信，这是为了要让自己更快乐。最终的动机仍是要获得更大的喜乐。

如果是这样的话，让自己变成金钱与贪婪的奴隶，就是在自我毁灭，破坏了最终的目标，并不会带来更大的喜乐，而只能是忧愁而已。为了无止境的欲望而受苦。

相对的，那些懂得赚钱的目的，能够用健康的态度来看待金钱的人，虽然他们拥有的金钱可能比较少，却更能体会金钱与财富所带来的快乐。所以，虽然他们在物质上并不丰裕，但实际上却是真正富有的人，因为他们能了解金钱的真正价值，而不会对财富抱持着虚幻期望。

有些朋友学佛之后，就在自己的工作、赚钱和佛教的理念之间找不到平衡了。有的人学佛了就认为什么都不能做了，不能再

赚钱了；另一些则虽学了一些佛理，仍我行我素、一如既往，对自己从事造作恶业的工作，在有条件改变的情况下仍然坚持。这些涉及了佛教里的一个"正命"观念，有人希望多讲一些佛教对金钱应秉持的对应之道。

"正命"的观念即正当的营生之道，并无意要对富裕的生活方式或是一个人该赚多少钱，做出任何道德上的评断。当然，如果一个人真正想修行，那就要谨守戒规，要适度控制自己的欲望，禁止过着太过舒适或奢华的生活。然而一个在家人，也不必如出家人般受清修戒律的规范。如果一个人非常幸运，拥有许多物质财富，那么从佛教的观点来看，这就代表他在过去曾造了善业，是正面的业报。因此，所谓的"正命"，并不在于简朴与奢华的对抗。在佛教的历史中，不乏皇室王公贵族的佛教徒。

我觉得从佛教的观点来看财富，更重视的是个人在拥有财富、赚到金钱之后所秉持的心理状态，强调的重点在于训练我们的心智，这样你就不会有占有欲或贪婪心，你就能超越所有的占有欲望。

至于财富本身，有许多佛经已经说明得很清楚了，对于一个菩萨来说，只要有所执着，就算拥有一分钱也是造作罪业。但是如果菩萨心中毫无执着，就算拥有大量物质财富，也并无妨碍，不会有悖于他弘法度众的理想。所以最重要的应该是，你创造财富时的心态和你运用的方法。

所有人类生活的优越表现，像是物质财富等，从佛教的观点来看并不是应该弃绝的东西。关于这一点在龙树大师的学说中曾有论及：人类有四种正当的追求，包括两个目标及其相应的达成之道。其中一个目标是物质上的满足，而达成的方法就是财富的创造；第二个目标是解放，实现的途径则是内心的修行，这就是佛教的观点。

我们对于金钱的态度，比我们赚到多少钱更重要。除非我们贫穷无比，饥寒交迫，否则在追寻幸福快乐时，内在的源头都要比外在的资源更重要。

心静到很淡然！人生最好的朋友是精神，所谓的精神也是自己。自己就是那个精神的支柱。无论我们与谁交谈，看到的，看不到的，都是一种精神的对言，也不过都是另一个自己罢了。

认识欲望的本质

当今社会，似乎一切都要根植于物质的获取，有太多的东西是我们渴望与需要的，在如此众多的欲望诱惑下，如何做到内在的满足与安宁？

首先我们要对欲望有所了解。欲望基本上有两种形态：某些欲望是正面的，譬如追求幸福快乐的欲望绝对是正面的；譬如追求和平的欲望，追求一个更和谐的世界、更友善的社会的欲望。这样的欲望是非常好、非常有用的。

但是在某些时候，欲望也可能变得毫无道理可言。那样的欲望就会带来苦恼。举例来说，有时候我会到超市去，我很喜欢超级市场，因为可以看到许多美丽的东西，当我看到各式各样的东西时，我的心中就会出现一种欲望了，我有一种冲动，心想"这个我想要，那个我也想要"，然后第二个想法出现了，"我真的需要这些东西吗？"答案通常是否定的。如果你顺着第一个欲望与冲动，很快你的口袋就掏空了。不过，通常属于人类基本需要的食物、衣服、房屋等，都还算是合理的欲望。

有时候一种欲望是否过火或是否正当，就要看你的居住环境与社会情况来决定。譬如你住在一个繁华的社区，在那里车子是每天代步的工具，这样情况下你想要一部车子自然是合理的欲望。但是如果你住在穷乡僻壤，不需要车子也可以过得很好，不过你还是想要一部车子，而且也有钱买得起车子，这时车子可能就会给你带来麻烦了。你的邻居或乡亲可能会因为你有一部车子而看你不顺眼。或是你住在大都市里，已经有一部车子，但你还想要另一部更昂贵的新车，这时也会产生同样的问题。

　　有的人可能会想，拥有一部昂贵的车子可能对他的邻居来说是个麻烦，因为他们或许会觉得嫉妒，但是对自己来说，拥有一部新车的感觉是满足又愉悦的。

　　其实并不然，一个人的自我满足感，与他的欲望是正面或负面的，并没有太大关系，在犯下任何非道德行为——说谎、偷窃、淫乱等——的当时，心中可能感到很满足，但他的行为并不正确。要判断一个欲望是正面或负面的，绝不是由这个欲望能不能带给你满足感而定，而是要由这个欲望所造成的后果来判断。譬如你一直想要更昂贵的东西，或许就表示你心里一直不满足，有了还要更有，多了还要更多，结果你总会达到一个极限，最后你就会变得和现实抗争。如果抗争失败了，你就会跌入失望的深渊，变得沮丧不已。这也就是欲望最可怕之处。

　　过度的欲望会导致贪婪——一种极度扩张的欲望，根植于不实际的期盼。一个人受到贪婪影响时，就很容易觉得沮丧、失望、困惑，而且问题一大堆。当欲望变成贪婪时，你也不会因为欲望达成了而觉得满足。贪婪是个无底洞，而且永无终止，麻烦

不断。贪婪有个有趣的特质。想要矫正贪婪，只能从内在的满足开始。如果你心中觉得满足，不论你有没有获得你想要的东西，你都会觉得满足的。

内心的满足感是有方法可循的吗？基本上是有两种方式，一种是去买或想办法获得你心中想要的东西：金钱、房子、车子、理想伴侣、完美的身材等，但是这样的做法会导致负面的效果，终有一天我们会碰到我们想要却得不到的东西，于是问题还是会出现。第二个方法是：与其拥有我们想要的东西，不如感恩我们现在所拥有的一切。

一旦我们知道通往快乐之途时，我们不只是获得了个人的快乐，也为我们的家人与社会找寻到了快乐。

寻找真理

　　怀有利他之心方能成就无悔人生。在此世间，人所居处为四大洲，即东胜神洲，南赡部洲，西牛贺洲，北俱卢洲。我们现在所居住的地方是南赡部洲，而我们看到小说《西游记》中的孙悟空则是生在东胜神洲的傲来国。南赡部洲是由四大元素集聚而成，四大元素就是我们平时所说的地、水、火、风。由于本不应该发生的事情却都不幸地发生在了这个洲上，所以南赡部洲又称任何事情都可能发生的世界。这个世界上有许多生灵和古代神话的传说，也许是对的，但是概括起来讲，无数的生灵可以归纳为六道众生。六道众生的智商不一样，智商最高的是人类，这是我们人类自己说的。当我们静下心来仔细想一想，大概也许是这样，人是一种会说话、会思考、会劳动的三会生灵。六道众生中智商最高的人类有时在做一些正确的事情，有时也会做一些错误的事情。但是在这个物欲横流，人与人的关系日趋冷漠的社会大环境下，绝大多数人做这些事情的目的则完完全全是为了自己，当触及自己利益的时候往往会不择手段，以至于把自己的快乐建

立在别人的痛苦之上，完全没有同情心和利益他人之心，也有人称之为行尸走肉。但是反思一下造成这种"行尸走肉"现象的根本原因，就是我们没有利用这个高智商去利益别人，而是牟取利益。要知道智商最高的人类不能没有利他之心，尤其需要端正的品行。

只有品行端正，利他之心不泯灭的人，他的生命才会发出和平与幸福的光芒。品行不端，又没有利他之心的人等于没有生命，没有生命的身体与土石等物体没有两样。所以说有身体不能没有生命，品行不端、没有利他之心的人与根部腐烂的老树没有两样。其实人的快乐不在于拥有的多，而在于计较的少。一个斤斤计较于小事、耿耿于怀于往事的人，一个品行不端、没有利他之心的人一定是一个不快乐的人，纵然您子孙满堂、家财万贯、妻贤子孝，您也无法享受到快乐的人生。因为您的心里没有别人，只有一个自私的我。"一叶障目，不见泰山"，一个自私让人们与幸福绝缘。

人类的身体极其珍贵，正如佛经上说的那样，"得人身如指甲土，失人身如大地土"，从数字上来说具有十八暇满的人身如此难得，具有与所有珍宝同等的价值和意义。我们应该静下心来想一想这个非常难得而又异常珍贵的人身，当理解了这些道理后就应该感到非常庆幸并要珍惜这个难得的人身。我们应该抱持着不虚度人生的正确态度，端正自己的品行，无论大事小事都要怀着利他之心认真地去做。如果能用纯洁的心灵实践自己的利他之心，人的一生也就充满了意义。佛教讲的不要虚度人生是针对每一个人讲的。如果怀着散漫之心，不把握人生意义，不仅此生会遇到重重的困难，而且下一世也无法走上解脱之道。说实在的，品行不端、又没有利他之心的人，和畜牲没有两样。正所谓"人的身体，畜牲的心灵"指的就是这种愚昧无知的人。

作为一个普通的人，无论做什么都要实事求是，要相信因果，如果能为了此生和来世而步入四正道，品行端立的意义就实现了。作为一个佛教弟子来说，佛像顶在头上，佛经作为证人，心里想着高僧，坚信佛法僧三宝，闭上眼睛也要想到黄泉路上无老少，因果报应，干什么事都要做到问心无愧。只要是善事，事后不管有没有回报都要认真地去做。要做到"勿以善小而不为，勿以恶小而为之"，积少成多、积善成德。

这个社会上还有一种非常悲哀而又令人惋惜掉泪的事情，那就是将崇尚道德当成愚昧落伍！这种歪曲的观念像传染病一样在年轻人中间流传着，使年轻人没有礼貌，没有尊老爱幼的高尚道德，张口闭口说脏话，谎话连篇，偷盗之事屡禁不止。如果这样的事情一代一代地蔓延下去，就会在社会上形成一种恃强凌弱、道德败坏的社会风气，世界的和平和文明会遭到毁灭。从小处来说，品行不端的每一个人都会身披人皮，这在电视新闻等中屡见不鲜。我们还能见到一些入狱的人，死于刀口和枪口下的人，这一切都是品行低劣引起的结果。品行不端还会引起各种痛苦，如晚上睡不着觉，白天胆战心惊。总之，品行不端会毁灭此生的幸福和人类的和平。佛经中说："种下此因死后就会堕入三恶趣，会受到一劫又一劫的折磨。"无论自他老少，为了此生和来世的幸福，要端正自己的品行，要有利他之心，只有这样，人活着才会有意义。"无论什么时候都不能走上歪门邪道"，无论何时何地

在社会上树立和宣传高尚的品行，是我们这个时代的使命。如果没有高尚的品德和利他之心，我们的这个社会就会变得肮脏龌龊、人情冷漠、刀兵现起、灾祸横生。

品行高尚不一定需要干一番轰轰烈烈的事情，只要大家身体力行，也就是说从早晨起床到晚上入眠之前，大家要互相帮助，互相拥有爱心和感恩的心，要有利他之心，有了这些以后就能在社会上掀起道德高尚的风气，才能体味人生的价值。道友们，要分清善恶美丑，为社会风气的好转尽一份自己的力量吧！这些都不是我这样的凡夫俗子说的，而是善知识们对我们年轻人的一种忠告、一种棒喝。在开示的最后请允许我附上林世敏居士的一段文字，相信能对大家有所启发：

我确信佛法为救治今日社会所必需。今日社会，无论中外，都遭受到一股物欲横流的冲击，人在高度科学发明与物质享受中迷失了自己，家庭伦理、道德观念根本地被动摇了，于是国际间有毁灭人类的核子武器大竞赛；有似厉鬼、如野兽的披头、嬉皮；有贪官污吏；有奸杀抢夺……人人争名夺利，个个昏头涨脑，人们不知道自己在何处，不知道自己在做些什么，表面上豪饮狂欢，内心却空虚苦闷。于是夜阑人静的时候，理智稍微清醒的时候，有些人会怀疑地自问："人生是为何而来？生命的价值是什么？生活的目的又在哪里呢？"更有些人会对社会秩序的瘫痪、道德的破产、人性的堕落而感到忧心如焚。人类如果不找出自救之道，便只有自我毁灭一途。而自救之道，在什么地方呢？"解铃还需系铃人。"在人类本身呀！

只有透过人类理性的觉醒，才能够重整道德，重建秩序，人类的未来才有幸福的曙光。我确信两千五百年前释迦牟尼的遗教，对于今日的世道人心，正有补偏救弊、对症下药之效。

佛法的广大无边、平等圆融、通上彻下是最有用的。它给出的药方是：人人要平心静虑，快乐不在外界，幸福在自我心中，唯有透过静思熟虑，少欲知足，舍己为人，自己才能快乐，一切苦恼才会熄灭。

一条清彻透明的河/在我的梦中蜿蜒而过/它仿佛在向我诉说/又好似在独自唱歌/经过了白昼的澎湃与喧哗/月光下/它也在静静思索/思索着思索

让心灵充满正能量

　　如何用心来追寻快乐。我们谈到"心"或潜意识时，其实包含了许多不同的可能性，就像外界的情况或物品一样，有些对我们有用，有些却有害，有些无益也无害，我们在处理外在的事物时，首先会看看哪些东西对我们有帮助，让我们可以学习、栽培或使用。对于有害的物质，我们会尽量地避免。同样的，我们谈到人心时，其中也包含了无数的变化。在我们的心中，有些想法是有益的，我们应该将这些想法当作一种滋养。另一些想法是有害的，我们就应该尽量地减少。

　　追求快乐的第一步就是学习。我们首先要学习的是，负面的情绪与行为对我们有什么伤害，而正面的、积极的情绪对我们有什么帮助。我们要了解的是，这些负面的情绪不但会伤害到个人，同时也会伤害到社会，甚至全世界。我们先有这样的了解，就能够面对、克服这些想法。相对的，我们也要了解正面的思想与行为有哪些益处。一旦清楚明白了，不论有多困难，我们都要学着珍惜、发展、增强这些特质。这是一种发自内心、自然而然的学习过程。经过这样的学习，分辨出哪些情绪是好的，哪些是坏的，我们就能慢慢改变自己，而且觉得"掌握快乐的秘方就在我手中，我的命运操之在己，我一定要把握住机会!"

在佛家来说，因果关系是一种自然的律法。面对真实生活时，你一定要用到因果的观念。以每天的生活来说，有因必有果，如果你不想要某种结果，最好是一开始时就避免起那个因。相同的，如果你想要达到某种结果，在一开始时就要创造那样的因。这也同样适用于我们的精神状态与个人体验。如果你想要快乐的果，你就需要先有快乐的因。如果你不想要有痛苦的结果，你就得确定不要起痛苦的因。认知因果关系是非常重要的。因果关系是人们追求快乐的一个最重要的原则。

其次是检视我们的心灵状态，要做分析整理，看看哪些想法能带我们向快乐之途前进。

不同的心灵状态如何分析整理？譬如恨、嫉妒、愤怒等都是有伤害力的。我们认为这些是有害的，因为它们会摧毁我们心中的快乐。一旦你的心中隐藏着恨意，一旦你被负面的情绪控制，别人见到你时也会感受到那股敌意。结果你会感到更害怕、更压抑、更犹豫，也更没有安全感。你让这样的状况再发展下去，会觉得自己在世上孤立一人，全世界都在与你为敌。所有这些负面的感觉之所以出现，其实都起因于恨意。相对的，我们心中的仁慈、怜悯都是正面的、好的感觉，而且非常有用。

怜悯、温柔、仁慈都是健康的心态。只要你的心中有慈悲、爱与仁厚，你心中那扇紧闭的门就会自动打开了。这样你与人沟通自然就会容易多了。温暖的爱心能开阔你的胸襟，你会发现所

有的人都跟你相似，你也很容易与他们连成一气。你会拥有友谊，也不需要隐藏自己的感觉；你也不再害怕、自我怀疑或缺乏安全感。同时别人对你也会产生信任感。譬如你发现一个很能干的人，你觉得可以将重任交付给他，但是你感觉他的心地不太善良，这时你就会有所保留了。你会想：我可以将事情交给他做，但是我真的能信任他吗？这时你心中总是有点牵挂，自然也会跟他保持距离了。

总之，多培养积极而正面的特质如仁慈、怜悯等，一定会让我们的心理健康而快乐。

如果快乐只是很简单地培养积极正面的思想如慈悲心等，为什么还有那么多的人觉得不快乐？

要达到真正的快乐，需要先改变我们的观念与想法，这可不是件容易的事。这需要从多方面、不同的角度来改变。你绝不能以为有一个秘方或某个钥匙，只要碰对了，一切都迎刃而解了。

这跟照料身体一样，需要很多维生素、营养素，而不是只有一种或两种就行了。追求快乐也是一样，你需要经由许多的方法与途径，克服许多负面的、复杂的心理因素才行。尤其是你想要改变负面的思考方式时，绝不是只要运用某些想法或技巧，练习几次就行了。改变需要时间。我们凡夫俗子的执着与烦恼如同野马一般，想要驯服野马，首先要慢慢地靠近它，然后抓住它，再之后喂它一些吃的东西，慢慢地与它熟悉，抚摸它，为它抓痒，它不再暴跳时，才能骑上去降服它。烦恼也是一样，首先要了解烦恼的本性，烦恼的来龙去脉，看清它，用佛、菩萨、高僧的教育来对治。其中看清烦恼的本质、寻觅烦恼的根源是至关重要的。心理的改变尤其需要时间，不是仅凭短时间学习一些基础的佛法，看几本书就能一下子改变的。举个例子，如果你要从一个地方搬到另一个地方时，你的身体也需要时间来适应气候和环境的转变。同样的，改变自己的心更需要时间。在我们心中存在着太多负面的想法，你需要一一指认、消除它们。这不是件容易的事。你必须要不断地重复自我锻炼，一直到你非常熟悉这个练习为止。这也是学习的一个过程。

只要你花时间来练习，就会有正面的改善效果。每天你一起床，就要让自己做积极正面的思考，如"我要让今天过得积极而有意义。我绝不能浪费这一天宝贵的时光"等，晚上睡觉前，检视一下你今天做的事，然后问自己："我是否如我所愿地善用了这一天的时光？"如果这一天能照你的想法去过，你就会觉得很快乐。如果这一天没照你的想法来过，你就要忏悔你所做的事，检讨自己哪些事做错了。就这样一天天地做，你就会慢慢培养出正面的思考模式了。

以我自己为例子来说，身为佛门弟子，我相信佛教，我一生所接受的佛家训练对我也很有帮助。无论如何，因为习惯，因为前世的旧习，有些习性如愤怒、执着一定会出现，每天都有很多复杂的、不好的念头，甚至还会生气、骂人、说脏话等，我相信如我一般的人，都是凡夫俗子，在没有成佛、成为菩萨之前，有自己的喜怒哀乐、七情六欲也是正常的，不过有信仰者与无信仰者对事情的看法与处理方式是截然不同的。

就像今天，我跟别人因为小小的事情发生口角、吵架，这时我的做法是：首先冷静下来，认识自己内在的烦恼与情绪，思维

正面思考的价值。一开始，正面思想的影响力很微弱，负面思想还是会左右我，尽管如此，我在运用正面的思维模式——也就是用我所学习的佛教理论、高僧大德和善知识的窍诀来对治自己的情绪和烦恼时，虽然烦恼还是很猛烈，如沸腾的水一般炽猛，但高僧大德、善知识的教育与善巧妙语却如同甘露般冲刷了这些炽猛、肮脏、不良的情绪。沸水中加一点冷水虽然不会立刻把水的温度降下来，但是却能够起到止沸的作用，如此这般，再三的思维，如同再三在沸水中加入冷水，终归会把那些炽猛、肮脏、不良的情绪与烦恼慢慢化为乌有。

我认为我们作为修行者，在修行的过程中，不怕有情绪，就怕不能够认识自己的情绪，随着情绪而走，不去对治。

开始学习正面思考的价值，然后要再下决心，努力训练自己，一旦你建立起正面的模式后，负面的想法自然就渐渐消失了。这个训练就像是跟自己战斗一样，必须不断地用正面的思维取代负面的思考模式才行。

其实不论我们从事什么样的活动或练习，中间训练的过程都不简单。经由训练，我们就能改变，就能脱胎换骨。在佛家的训练中，有许多方法教我们要忍耐，无论发生什么事都要保持心境的平和。经由各种方法的训练，我们学会了当我们受到干扰时，让怒气只停留在表面，就像大海的波涛，只有在海面浮动，而不会影响到深层的海底。虽然我的经验不够丰富，但在我自己的训练中，这是非常实在的感受。譬如当听到一些悲惨的消息时，我的心一时之间会受到干扰，但很快就会过去了。我也会有怒气，不过，通过自己的修行方法来对治它使之很快就消散了。这些对我内心深处都没有太大的影响，也不会留下憎怨。这必须要慢慢地锻炼，是不可能一夜改变的。如若学会对治烦恼，那么烦恼来得快走得也快。如若长期不去观察，不去对治烦恼，那么恐怕它就会在你的相续中安家，驱之不散了。时时观察自己的内心，进行调解，对治烦恼是修行中最需要的，也是最不能放松的。

我想道德的行为，也是能够让自己获得快乐的一种方法，我们可以称之为操守训练。伟大的精神导师如佛祖，便建议我们要遵行正道，舍弃邪念。我们的行为正确与否，完全看我们的内心是否有修行。有修行的心能带引我们通往快乐之途，没有修行的心只能带来痛苦。事实上，在心中修行是佛家的一个基本概念。

我在谈论修行时，指的是自我的训练，而不是别人加在你身上的什么训练。我所强调的修行就是驱除你心中负面的思想与能量。要做一个事业成功的人，可能需要一套完整的训练教材，但对个人的修行来说，外在的训练完全没有意义。

八 吉 祥

吉祥结

 金法轮

莲花

 黄金鱼

白海螺

 宝伞

宝瓶

 胜利幢

尽管我们的肉体和生命是那么的脆弱，

却因为有爱，我们生得坚强，生得灿烂！

第三章
生命之歌，永不落幕

神山谷里的溪水

谁说长沟流月去无声呢？水，也有她们自己的语言，只是，那需要一份如水般玲珑透明的心境去领会，才能清晰地辨认。

水自碧山间潺潺而来，又缓缓流淌而过，在盈澈见底的沟洫中，渐次将自己款摆成一道叫人明心见性的清凉。

似乎满山殷勤浓密的苍翠，怎么也挽不住那一点对人间的关注与情爱，涓涓弱水，必执意要奔向人间。于是就那样毫不迟疑地启程，穿越密密树林，磊磊涧石，穿越青苔题壁的山涧，欣欣然来到这安详的世界，把人心，洗涤成一面不沾惹尘埃的明镜。

那是否便是这高原之水的心事与身世了呢？

夏日午后，我携着同参道友，穿越寺院的背山，伴着蓝天白云。踏着一路明媚的阳光，悠悠然围坐在如茵的草地，用佛法的甘露清泉洗涤往日所造的一切罪业。八月的高原山花烂漫，好似五彩缤纷美丽的花园。水儿潺潺，鸟儿叽叽，花儿竞相开放，漫步的牦牛自由自在地享受这人间美景。在这么美好的日子里，我们一起享受着佛法的喜悦。夏天的青藏高原如此之美，美得无法言表。道友们情不自禁地纷纷拿起相机，把这人间仙境中大自然的花花草草永久留在记忆里。都市里的景观都是人工种植，少了这一份自然天成的纯朴和寂静，跟同参道友们，在那寂静的树林里，一起修法，那是多么美好的回忆呀！风吹进你抚摸石头的情结时，告诉你，宁静是最美的。

间或，我们一起临流而立，俯瞰水中天光的投影，云朵的飘移，小鱼的从容出游，以及自己悠悠摆动却并不流走的身影，并且侧耳倾听水与风的酬唱应答，水与石的温和争辩；或者水自顾自地行吟如歌与沉默无言。那仿佛诉说着许多故事，也令人联想起许多故事的声音。那一刻，我仿佛又回到了童年，生命又温柔地回到了赤子最初的心境。我和兄弟骑着马儿，唱着山歌，自由自在地放着牛儿。我的弟兄们，笑容灿烂，跨过一条条祖上的皱纹，孵化着羊皮袄传承的故事。水儿潺潺流淌，鸟儿叽叽鸣叫，整个山谷里，仿佛树木都在念诵着六字真言，那时的我们只有快乐，没有任何忧愁和烦恼。可如今的我们，后天的习气，贪、嗔、痴、慢、疑一大堆，我们从前美好的心情又跑到哪里去了呢？今天我临水而立，俯身去取水，那河流虽宽，看来却细，因为它遥远；天上来往的神仙一定要凝神观看，认作一块黛玉镶在地上一条珠链中间。虽然岁月流逝，这一瞬似乎找到了童年的感觉。蓦然回首，远古的岁月，因为悲伤而留下的痕迹，变成石头上斑斓的苔藓。

谁说长沟流月去无声呢？其实水也有她们自己的语言，只是她只肯把自己的流转，说给那既领略过生命中婉约柔静之美，复又饱经狂涛骇浪、颠踬困苦的知音去听罢了。

若生命的河流，是一段曲折的沧桑；若岁月的清溪，是迢迢前去的逝者。那么，在每一道有形无形的流水之前，我都愿意自己是宁静得足以聆见水之清音的过客。

金色叶子散落一地，吁吁的凉风吹在
耳旁，走过的路上在等待你。

阿妈们节日快乐！

又是一个母亲节，祝天下母亲，节日快乐！不仅仅要在母亲节，这个特殊的日子，一年三百六十五天，母亲是最辛苦的，所以，一年都要给予天下伟大的母亲特别的节日祝福和问候，并尽己所能地孝敬母亲。

其实随着年龄的增长，子女孝敬父母的机会也逐渐减少。我们每天忙于自己的工作、生意……商机之类错过了还会再来，而失去父母健在的孝敬机会，却不再来了，只会使你遗憾终身。所谓"子欲孝而亲不待"是人生一大悲哀。

"孝"是生命与生命交接处的链条，一旦断裂，留下的就将是永远的伤痕。

有这样几句歌谣："儿子一日长一日，爹妈一年老一年。劝人及时把孝尽，兄弟虽多不可攀，若待父母去世后，想着尽孝难上难。"趁现在可以尽孝时，尽快奉献你的孝心吧，莫不可让自己空留一身遗憾！

作为母亲，一般不求你成为达官显贵，也不求你给她多少金

钱，在她心里，看见你过得幸福就是她最大的安慰。有时间，多回家看看母亲，就像今天是母亲节，一定要回家陪母亲一起过个节，身在外地不能赶回家的也要打个电话或发个信息问候一下，把你对母亲的那份爱真实地表达出来就是对母亲最大的回报。

孝敬父母的方法是很多的，上面我讲的是一般世间人，而我们作为佛教徒也可以用修行来回向如母众生，为了这世亲生的母亲，为了一切如母有情众生，持戒、诵咒、闻思等，把一切善根回向她们，这也是佛教里讲的孝敬父母的方法。孝敬父母也不能造杀业天天给父母吃生猛海鲜等，这样不但不是孝顺，而且造了无边罪业。

《大乘本生心地观经·报恩品》中说："世间大地称为重，悲母恩重过于彼；世间须弥称为高，悲母恩高过于彼。"意思是说，世间大地被称作是最重的，悲母的恩情比大地还要重；世间须弥山被看作是最高的，悲母的恩情比须弥山还要高。

佛说："为父母者，皆深爱其子女，竭力教养，虽多诸苦难，乃至命亡，亦终不弃舍子女；故为子女者，应当孝顺父母，侍奉供养。若有不孝父母，已是大罪，若更违反父母诚教，则堕地狱无疑矣。"

佛向性中作，莫朝身外求；在家敬父母，何必远烧香。不能尽孝，如何礼佛？不能奉亲，如何悯人？尽到孝道，才能修得佛道，成就真我。

因此，自古以来，古圣先贤以孝为宗，佛经以孝为戒，万善之门以孝为基。人人应礼敬供养尊亲如堂上活佛。

佛说："父母即是家中活佛。"

母亲是我们最亲密的人。当我们在寻求佛祖时，你可能没有注意到，真正的佛其实就在身边。我们的母亲就是那人人称颂的最慈悲的观世音菩萨。《华严经》中就说道："勇猛丈夫观自在。"

　　正因为母爱的伟大，观世音菩萨才多现女身。观世音深知世间母爱的伟大，所以处处示现女身，感化世人，将世间的母爱加以净化而扩大，去慈爱一切众生，成就正知正觉。

　　母爱点燃了人类持续不灭的火种。在这世上，我们最应该感谢我们的母亲，只因母爱的纯洁、无私和伟大。没有母亲，便没有我们。没有母爱，我们便会是最孤独、寂寞的行者。

　　最后祝伟大的阿妈们吉祥如意！扎西德勒！

老和尚说的故事

给大家编个小故事，故事中的池塘是我朋友，河流就是我。

为了教导懒惰的小和尚，老师父给徒弟讲了这样一个寓言故事：

池塘无所事事，开始与身旁的河流攀谈起来。

池塘对河流说："无论什么时候抬眼望你，你总是在奔流不息。这是怎么回事啊，难道你不感觉到劳累吗？而且我随时都会看到，有时候你拖着沉重的货船，有时你运送着长长的木筏，至于你运载的小艇和舢板，更是多得无法统计呀！这种生活你要到几时才会厌弃呢？说真的，要是我，我会苦闷得死去！跟你相比，我的命运要好得多。当然，我没有什么名气，不像你在地图上蜿蜒了整整一页，也没有哪个歌手弹着琴把我颂扬。可是老实讲，这一切毫无实际意义！我躺在岸边柔软的淤泥上，像贵妇人躺在羽毛褥垫上一般无忧无虑，享受这宁静和安逸。我不仅不用担心货船或木排的侵扰，甚至不知道一条舢板有多少重量！如果发生意外，最多是一阵清风吹落几片树叶，在我的水面上轻轻飘荡。八面来风，我都能纹丝不动，静观着尘世的忙碌，思考生活的哲理。这样悠闲自在的生活哪里去找啊？"

河流回答说："既然你在思考生活哲理，那你是否记得流水不腐的规律？如果说我还算得上是一条大河，那是因为我放弃了安逸，遵循这个规律奔流不息。我年复一年，用源源不断的清水为众生服务，从而也赢得了尊敬和荣耀。也许我还会奔流很久很久，而那时你将不复存在，被人们完全忘记。"

果然，多年以后，河流仍川流不息；而可怜的池塘则一年不如一年，先是长满密密的水藻和浮萍，最后竟完全干涸、消失了。谢谢大家的聆听，故事讲完了。

远古的呼唤

"是谁带来远古的呼唤，是谁留下千年的期盼。"李娜的歌声带我们走进了青藏高原，带我们领略了无限美丽而神秘的高原风光。皑皑的雪山连绵起伏犹如雪域高原向人们呈献的哈达，随处可见镌刻着六字真言的玛尼石堆及处处飘动的五彩经幡，尤其是山坡的巨石上清晰的六字真言和那几乎覆盖了整个山坡的经幡让世人惊叹！藏族艺人一笔一画精心描绘的精美的手绘唐卡、栩栩如生的酥油花、还有那做工精细宛若真身现前的佛像雕塑，无不给人们留下了深刻的印象。嘹亮的嗓音在雪域的山谷间回荡，热烈的锅庄仿佛仍在篝火旁荡漾幸福的激情，藏民黑色的牛毛毡帐篷、特色的藏式建筑里飘出酥油茶香，阿妈和阿姐全部编成小辫子的长发、黝黑的脸颊上两团标志性的高原红以及身上各式各色的藏袍……这一切——藏装、藏饰、藏歌、藏舞、藏餐、藏文以及藏传佛教共同展示了一个灵活生动的藏民族。藏族的文化、民俗、文学、宗教、艺术在我们一步步探索的脚步中渐渐揭开了神秘的面纱，展露在世人的面前，雪域变得不再遥远。然而一股股热气奔腾的"经济全球化"大潮也在冲击着古老的雪山，似乎要融化整个古老的藏民族文化。"现代化进程"的快马加鞭将雪域古老的文明驱赶到了边境。随着"温室效应"、"全球变暖"越来越严重，我们的雪域高原也在逐步面临着"融化"的威胁。仿佛从雪山的深处，已经传来了阵阵老祖先们对儿孙深情的呼唤。这呼唤透着悲伤、露着深沉、含着辛酸。

走在一个藏区县城的街道上，两旁商家各式各样的广告牌；从店面里飘出的阵阵流行音乐；硬硬的水泥马路上川流不息的各式车辆、藏家姑娘粉白的脸蛋、鲜艳的红唇和脚上的高跟鞋……这一切已经让我们感受不到淳朴的藏风、藏俗。走进藏家，坚实的水泥墙壁及围墙小院，摆设的各种现代化电器及家具，房间里流行的装饰，让人几乎体会不到民族特色，只有从烧着牛粪的钢炉上，壶嘴里飘出的热气腾腾的酥油茶香和那庄严的佛堂还能让人感受到几分藏家风情。年轻的藏民说着一口拗口或标准的普通话走进大城市，走进都市的红尘中追赶着时尚的潮流。在城市里常常会见到一些还仿佛有些像藏人的时尚青年，如果不打听你肯定不敢确认他或者她是藏人。在藏族的书店里你也几乎找不到老式的条形书，橱架上摆满了现代化电脑制版印刷的藏文书籍，想买本古老的长条形经书恐怕也只能跑一趟德格了。

而作为对语言、文学、音乐、建筑、天文历算、工艺美术、雕刻绘画、民族教育等方面，起着无与伦比的重要作用的藏民族文化的精髓——藏传佛教也正面临时代大潮的冲击。现代化的传播及教育手段逐渐得到广泛的应用。手机、电脑甚至网络走进藏区，穿过寺院的围墙，走进僧侣们的生活。跟得上时代必备的语

言工具就是汉语、英语，否则手机也好电脑也罢，也只能望机兴叹，丝毫没有办法。高科技的玩意儿在僧侣们中间也引起了广泛的兴趣，并打开了一扇通向世界的天窗，僧侣们也开始时尚起来。原始而古老的宁静生活犹如平静的水面被投了石子般泛起阵阵波澜，原本承继古老的一切渐渐成为被遗弃的多余物。

在越来越多的东西追赶上潮流终于也可以被冠名"现代"之后，老祖宗留给后人的宝贵遗产也越来越多地被我们一件件遗弃在历史的角落。对于每一个藏人来说永远也抹不掉的是骨骼里镌刻的祖辈的遗训，永远也平息不了的是血液里流淌的吐蕃的声音，永远也替换不去的是脸颊上烙印的高原的标记。然而，看看我们的周围，正接受现代化教育的藏族孩子们却只能用一口流利的汉语与人沟通，除了受过专业训练的僧人、主持人和广播人员之外，尚能承继民族语言的后人又有多少呢？藏族传统戏剧、藏族民间文学、藏族传统手工艺、藏族唐卡、藏医藏药、藏族艺术等作为每一个藏人的标志和骄傲的文化，又有多少后人能够自豪地面对祖先说一声"此生无愧"呢？被冷落的古老的雕版印刷犹如被打入了冷宫般安静地隐匿在德格印经院的院墙里，现代化电脑制版印刷犹如当下正受宠爱的王妃般高傲地凌驾在德格古老的木刻版之上。除了幸存于世的《格萨尔王传》以外又有多少优秀的民间文学作品为世人所知呢？而我们特有的手工技艺、民间工艺尤其是一些独门绝技，就拿我们果洛藏族人民引以为荣的萨智藏文书法及雕刻技艺来说吧，又有多少后人可以继承呢？殊不知老祖宗留给我们的这些好宝贝正濒临人亡艺绝、最终失传和消失的危境！大批有历史科学文化价值的古迹、实物等不断遭到我们自己的毁弃和来自各种外境的破坏。还有一些具有民族特色的文化资源、稀有的民族工艺品及技术等，由于眼下法律法规的不健全而出现严重外流的情况。老祖宗留给我们的传家宝正在被我们这些不珍惜的后人们挥霍着，挥霍意味着将是空的结局！长此以往，有一天藏民族将完全消于法界！这是一件多么可怕的事啊！试问：民族文化的传承，方向何在？民族文化的承继，希望何在？又怎能不让每一个尚有良知、还知道自己体内流淌着吐蕃血液的藏人痛心疾首、捶胸顿足乃至奋笔疾呼呢？！

　　老祖先的呼唤在每一个有这种危机意识的藏人耳畔声声响彻不息，为了让我们的祖先得到一丝抚慰，让我们大家一起行动起来，力所能及地保护我们民族的非物质文化遗产。

　　果洛被誉为"书法雕刻之乡"，为了让我们果洛藏族自治州的特色——萨智藏文书法技艺能够流传下去，我们特意发起创办一所萨智藏文书法雕刻技术学校的活动，让孩子们学习传统文化技艺，尽我们的力量延续民族文化的血脉。

　　作为一个出家人，肩上更肩负着沉重的使命。众所周知藏民族是个全民信教的民族，宗教是我们民族的灵魂，也聚集了我们民族文化的精髓。藏语言、书法、雕刻、绘画等技艺在僧侣们中间依靠佛法的力量尚且一代代延续着，如果连这个团体的成员都抛弃了祖先的遗产的话，那么后果可想而知！藏民族文化将毁之旦夕矣！所以保护我们的民族文化遗产必须要从我自己做起、从现在做起、从行动做起！当然，仅仅靠我一个小小的普通人的力量是远远不够的，我们需要更多藏族同胞的支持和帮助，需要大家众志成城、团结一心的力量！民族文化危机的局面是我们或直

接或间接造成的，我们也自然可以或直接或间接地将我们宝贵的民族文化遗产保护并延续下来！古人说"人定胜天"！我相信，只要我们大家努力，绝对没有办不成的事！我们民族文化的保存和延续是可以实现的！那么，请伸出你的手，让我也感觉到你的一份热量吧！

清澈甘甜的流水是哺育我的乳汁/芳草淡淡的清香润我生命的心田/圣洁坚实的马背是我成长的登攀/阿妈期待的笑脸是我力量的源泉/每当我想起草原啊草原/就想起那生命的摇篮

心灵深处的感动

"宗周阿爸，您好吗？我是根桑曲珍，我很想念您，我胳膊的伤都差不多好了，已经能回到学校上学了，阿爸去挖虫草了，我们现在都住在帐篷里面，玉树的天气稍稍好了些，不是特别的冷，可是地震之后这里天天都下着雨夹雪，还夹杂着灰尘，落下来都是泥浆，空气很脏，等我们赚了钱，盖了新房子，您一定要来我们家里做客……"电话那端传来孩子稚气愉悦的童音，我的心情也随之开朗，孩子细述着回家后的一切情况，一件件的事情，我们聊了一会儿，孩子在开心满足中放下了电话，我的思绪不觉飘然回到初见这个在地震中受伤的、坚强懂事的、后来又有些调皮捣蛋的小女孩儿的那一幕。那是玉树大地震的第二天，部分玉树地震伤员被转到成都救治，我听到这个消息，第一时间赶到省医院，做了一名志愿者。

第一次看到根桑曲珍是在重症监护室，女孩儿带着吸氧面罩，瘦小羸弱的身上插满各种管子。可能由于惊吓恐惧，而且环境和人都很陌生，孩子对于医生的治疗极其不配合，一直哭闹乱

动。由于她是骨折患者，是不能乱动的，医生简单介绍了她的情况，让我跟她讲要她配合治疗。我轻轻抚摸着她的头，跟她说话，渐渐地，孩子安静了下来，慢慢地配合医生了。

接下来的日子，我每天去医院，重症监护室一般不允许探视，我作为翻译可以每天去看望她，协助医生了解她的情况，渐渐地，她跟我熟络起来，对我也越发的依恋。孩子做了手术，伤口痛得厉害，很粘人，而她阿爸常常借便溜出去转转，所以我一去她便抓着我不放，不愿让我走。有一天，我正要走去看望其他的病人，根桑曲珍小声地喊了一声"宗周阿爸"。我一怔，深知对于一个藏族孩子这一声"宗周阿爸"意味着什么？是她对我全部的感情，孩子对父母的至亲、信任、依恋……我的心被深深地感动了。我转回身，来到她的病床前，跟她说话，给她讲故事。

孩子很懂事，每次她阿爸给她在家里的妈妈和亲人打电话时，让她说话，她都会忍着疼痛，装着若无其事的样子，笑着跟妈妈和亲人说她很好，没什么事，马上就好了，很快就可以回家了……过后她跟我说："我不能说我很疼，不然妈妈会担心的，她在那么远的地方又看不到我，不知道我什么样子，她会着急的。"

还有一次，她刚做了手术，伤口痛得很厉害，虽然没有哭闹，但是一直在哼哼着嚷着疼。可是过了一会儿，我发现她咬着牙不出声了，我问她："你好些了？不疼了吗？"她说："疼——""你为什么不吭声儿了呢？"她急忙"嘘——"示意我小声，然后轻声说："没看见我阿爸睡着了吗？他好不容易睡着了，我忍着点儿不出声，让他睡一会儿吧——"我心头一热，轻抚着她的头，多么懂事的孩子！

　　我们在聊天的时候，根桑曲珍跟我谈起了地震时的情景，当时她被压在下面，大声喊"有没有人？"不知哪里传来扎西尼玛（一个来她家的客人被压在她家房子下面）的声音，曲珍问他："你没有死？还活着？"他说："没死，你怎么样？"曲珍说："我的胳膊好像没有了，不能动了，你怎么样？""我好像没什么事"他说，于是我跟他说"那你快点儿大声喊人来救我们吧"，"我们不能见面，但是有人说话也就没有那么害怕了，这样一直等到有人来救了我们，后来我们一起被送到了这里"。我每次去看她，她都会说："宗周阿爸，我很想让你陪着我，可是我阿爸在这里，扎西尼玛却没有人陪，你还是去陪陪他吧，他好可怜。"一个十岁的孩子，在自己受了如此重伤的同时，依然担心惦记着别人，这需要多少坚强，这又是怎样的一种情怀！真的很令人感动。

　　然而她也同一般的孩子一样有调皮捣蛋的时候。在重症监护室，有时候她也不听话，不想打针，不想吃药，不好好吃饭，这时候我就会吓一吓她："如果你再不好好听话，我就走喽，不陪你玩了。"开始这一招还好用，后来用的次数多了就不管用了。我只好改变策略，使出浑身解数哄她。唉！哄小孩子其实也是很辛苦的，尤其她还是个受伤的孩子。我总是尽最大可能去满足她的要求，我给她买了些玩具和衣服，但她很要想一只泰迪熊。我哪里知道这个？于是满商场的打听泰迪熊是什么样的，最后终于买到了给她。见到她高兴的样子，虽然我很辛苦，但是真的很开心。她的手稍稍能动了，于是我又买了白板和笔，陪她写字，练习手臂的活动能力。曲珍从重症监护室转到一般病房，我和几位

居士便承担起了照顾她的任务，开始还好哄，给她买点儿好吃的，带过去电脑给她放动画片。可是后来她能下地走动了，就不好看管了。她能下床走动的第一件事情，就是跑去看扎西尼玛——她的灾友（呵呵）。她跑得很快，把看护她的居士吓得不得了。由于她还很虚弱，而且医生一再交代她千万不能摔跤，如果再摔了可能会终生残疾了。于是看护她的人都很紧张，曲珍可不管这些，能走了到处跑去玩，不然就是关起卫生间的门在里面玩水，任你外面的人怎么着急。后来，她的要求也逐渐提升，想要一部数码照相机，虽然我手头也是很拮据，但是咬咬牙还是给她买了一部很不错的千万像素的数码相机，她每天爱不释手。

这一个多月我一直在医院，陪他们走过人生最艰难的岁月，在这段特殊的日子里，我们共同承受着一生中最难忘的情感的磨炼，最严肃的生命的历练和最深刻的灵魂的锤炼。其中也不乏一些趣事。

根桑曲珍被送来的第一天，医生到处找不到她的家属，急得直催我找，因为当时人太多了，我用藏语喊着她的家人，后来用藏语问了几个人才打听到，原来她阿爸到了之后出去吃饭了。孩子在那里等待治疗，他没影儿了，心真够宽的吧？没办法，当时情况紧急，我只好充当曲珍的家属了，以致后来只要我在医院的时候，她阿爸就借便溜出去，把曲珍交给了我，所以曲珍后来一直喊我"宗周阿爸"。

玉树这些伤员被送到成都时，他们还都懵懵懂懂的，不知到了哪里。当时他们一下飞机，被一大群人围起来，记者的闪光灯咔咔地拍，闪得他们睁不开眼睛。这些藏人牧民哪儿见过这个阵

106

势，刚刚被地震吓着了，到这里一下子见到这么多人，又被闪光灯一闪，又惊着一下，正不知所措，见到我出现，就好像见到了救星一样。有一个壮汉，看见我就奔过来，抓着我痛哭起来"玉树完了！！！我们的家没了，人没了，财产也没了，什么都没了，我们也不知道到哪里了，真不容易呀！终于见到家乡的人了，这是什么地方呀？"我告诉他这里是成都，他半天才缓过神儿哽咽着问："是四川的成都吗？"我说："是的。我是志愿者，我来给你们做翻译，你们不要怕，我会一直陪伴着你们。"

其实每个伤员都讲了一些地震中感人的事儿，他们每个人身上都有着各自的一段故事，这里不能一一详述。

正如著名的俄罗斯诗人普希金说过的那样，"一切过去的都将成为最美好的回忆"。面对这场突如其来的灾难，我们的民族充分表现出达观的精神风貌、坚强的意志品质。今天我们共同承担着特大地震灾难带来的艰辛和苦楚；明天，面对更加美好、和谐的新家园，我们将共同分享快乐、幸福、吉祥和安康！

内心的智慧与安宁

德昂寺的金刚上师希日窝赛来成都做手术，这位师父在面对病苦时的坦然和自在真叫人大开眼界，那才是真正大圆满的修行者！

我来四川成都从事翻译工作已有五六年的时间，由于语言的关系能够给一些藏胞帮帮忙，为他们搭建与医护人员沟通的桥梁，于是就经常奔走于各大医院。曾经还有两家医院因为我带过去的病人比较多要拿回扣给我呢。钱呢，我是没要，但是却有机会跟医院讨价还价了，给那些病人省了不少的住院费。哈哈……我都成了"医托"了！可我这个"医托"是"鞋里面的石头子儿"——滋味只有自己知道（我不但没什么回扣可拿，还三搭——搭钱、搭时间、搭精力）。

我不只是帮助翻译，而且很多时候是出钱出力帮助他们渡过难关，至今我帮过差不多有六七十人，包括上师、活佛、喇嘛、普通人，甚至流浪汉。他们从住院到手术前后（一般都是来手术的）我都全程跟着帮助，但是在这么多人里面，却从来没有见过一个像希日窝赛这样坦然自在的。

希日窝赛，出生于德昂，从小就在德昂寺出家学习藏文，长大后到叶陀寺学习佛法。噶玛索南活佛、门色仁波切、法王如意宝、高宝活佛等高僧大德为其灌顶、传承大圆满法。在德昂寺为僧众讲经说法。现在寺院的结夏安居和寺院大型佛事活动的讲经说法任务主要都是他来完成的。他去年感觉身体有点儿不舒服，于是在大家的劝说下去西宁检查，做了CT，医生诊断为肝包囊虫，但是他根本没当一回事，就回去了，一直拖到现在。但是大家心里一直惦记这件事，所有的人都希望他能身体健康长久住世。于是在道友再三地劝说恳求下，他才肯来成都治病的。在他来成都之前，寺院道友也给我打了电话，希望我能给他帮助并且翻译。

虽然我这段时间忙得不亦乐乎，但还是特别希望他能来医治。我是当仁不让，责无旁贷地要帮助他了。于是我给他打电话希望他能尽快来成都，可以住在我这儿，方便照顾。我可以帮他联系医院，去检查、办理住院手续等。

他到成都之后，我暂时放弃了手头一切的工作，一直陪着他。先让他休息两天，我们一起喝茶聊天，他看起来跟以前没有什么变化，外表根本看不出有什么大病的样子，像以前一样乐观，说说笑笑的，胃口也不错，睡眠也很好，我也想他没什么大碍，应该不会很严重吧。可是住进了医院一检查，结果都出乎我的意料了，肝上长了一个23厘米多的包块，差不多跟肝脏一样大小了。而且不只是肝上，肺上、胆上都有钙化，医生讲这些钙化点以前应该也是这种囊虫，时间久了慢慢自己好了就成为这些

钙化点了。而且验血的结果也很不乐观，结果显示他极度的贫血，医生说这是长期营养不良的结果。血色素比正常值要低很多，白蛋白值比正常值更是低得一塌糊涂。医生讲他的身体状况恐怕很难适应手术，抗手术的能力太弱了，而且白蛋白低，手术后伤口很难愈合。可是我们在他身上根本看不出那么大一个包块带来的痛苦的表情；也丝毫看不出贫血的人那种虚弱和疲惫的样子。真的是不一样！

我们聊天时，他问过我，手术过程中是否可以在安住的状态？因为安住于大圆满自然本来面目的状态当中，在这个状态的时候对于外界的冷热，疼痛等没太大的觉受，恐怕这个时候麻醉药不起什么作用，会不会影响麻醉、手术的效果？麻醉的时候安住好还是不安住好？我不确定，但是我跟他说还是应该可以在安住的状态，因为这个药毕竟是针对这个色身，应该会起到作用的。

他自己也觉得手术的时候还是要安住，应该有所准备的。我跟他说："你年纪轻轻的，还要长久住世利益众生呢。"他说："人来到这世上终归也都要死的。而且自己从小到大也没有太大的过失，十三岁出家受沙弥戒，二十岁受比丘戒，一直也都严守戒律，并且依止过多位上师，修学了大圆满教法，即使无常来临应该也没有什么惧怕的。"我跟他说："你是为了活而去做的手术，不是为了死而去做手术的，所以你只要自然放松就可以了。"

于是在医生要求输了几瓶的人血白蛋白之后，他的身体稍稍能适应这么大的手术了，于11月18日早晨进了手术室。

他完全是平静的，一直对我们微笑着进了手术室。手术下来已经是下午 1 点左右了。他出来时眼睛睁得大大的，显然还在安住的状态，医生让我叫他，以确认他是否清醒。我喊他，他只问一句"做完了？"我说："完了。"他跟我说只感觉一会儿的工夫就出来了，我们可是在手术室外面足足等了五个多小时。回到病房，他就问他的三衣在哪里，别离他太远了。因为他是比丘，比丘是不能离开三衣的，这样的时候不想着别的，就想着戒律和戒律所依的法衣，真是让人赞叹不已啊！

希日窝赛的病房里还有两位病友，都于次日做的手术。我也是忙前忙后地帮助他们，他们进手术室却完全是另外一种光景。6 床那个女的，在病房的时候就焦躁不安，进了手术室医生说她一直在流泪，外面的家属是她的妹妹，姐姐进手术室她哭得很厉害，我一直在旁边劝慰她。4 床的那位男士，他跟希日窝赛的手术差不多，只是比他的包块要小得太多了，才 5 厘米左右，进手术室还是挺紧张的，由于麻醉的太厉害，做完手术后要一个多小时才从麻醉状态苏醒。其实这些是一般平常人的正常反应，对色身的执着不同，对病苦的看法不同，造成了不同的反应。

希日窝赛在手术室里却完全不同。后来据手术室的医护人员说,他被送进了手术室就一直是两眼睁得大大的,打了麻醉药（全麻）之后也一直是这样,手术进行中,他两眼睁着,一动不动地盯着天花板,吓得医护人员都有点儿心里发毛,也不知道是怎么回事儿,也不知道他是在麻醉状态还是清醒状态,反正觉得不太正常。他们说打了麻药就睡过去,像 4 床那样术后要 1 个小时左右清醒才是正常的。我也没办法跟他们解释这些,因为这些修行的状态也不是只言片语可以说得清楚的。这就是修行的力量！

医生说他的手术相当大，割下来的包块有刚出生的小孩脑袋那么大。这么大的手术，足足有五个小时左右，他在手术室里一直是保持在这样的状态如如不动，回到病房，他依然很平和，依然如同平时一样绽放出灿烂的笑容。

手术下来一般都要过六小时才可以睡枕头。做过手术的人都有这方面的经验：六个小时不能睡枕头，不能动。伤口就不用说了，其他身体各个部位都是酸痛难忍，尤其是腰，像折了一样疼，可希日窝赛却全然不同，从手术室回到病房一直睁着大眼睛，很安静很安详，丝毫看不到传说中那种痛楚的表情。六个小时过去了，我给他枕上枕头，他说不用，问他疼不疼，说不疼。麻醉师告诉说他回来后一个小时之内不能睡觉，他在手术过程没睡怕回来要睡，可是他根本没有睡觉的意思，一直睁着眼睛，保持在安住的状态之中。这是什么样的修证，有些修行经验的人都会很清楚的。

曾经一些文人与我进行藏汉文化方面交流的时候，在我面前炫耀大都市如何的先进，发展得如何如何迅猛，高楼大厦、现代化的生活……相形之下，藏地就显得落后和愚昧。我当时讲，这些发展当然是有目共睹的，但是这些都是外部的进步，是一种外在的进步与繁荣，是外在文化；而藏地虽然没有这么繁华，没有这么多高楼大厦以及优越的物质享受，但在人的内在方面、精神层面的进步与发展是这些外在眼见的发展所无法比拟的。

希日窝赛在手术过程中的表现，展现出的修行人面对生、老、病、死的从容与镇定，是那些生活在大都市里享受优越物质生活的人可比拟的吗？这充分可以证明我的说法是没错的。

平常的人在生老病死面前的惊慌失措，那种措手不及，那种惊恐万分的态度，这是一种多么大的反差？这个时候心灵的力量是多么的重要。我们应该深思，要如何去看待这些问题，如何去解决？平常的人多数是面对死亡的时候，闭不上眼睛，在呼唤等待着谁，惦记牵挂着某人、某事以及自己的财物、名利……在这样无奈之中不得不撒手人寰，无奈地离去。

　　面对生老病死，有些人可以勇敢面对，有些人不敢但是也不得不去面对。如果有修行话，就完全可以这样的坦然无惧。断除生死轮回，彻底断除一切苦痛的唯一方法也只有这样去修行，再无其他了。

灾难无情

山河震，惊梦魂，尘埃未落，阴阳已隔。当我们拨回记忆的钟摆，停在那震颤的一刻，无数质朴的心灵已没有了过多的语言。面对自然、面对生命，我们静默、仰望、思忖……大脑却根本构想不出玉树的天空会如此黯然失色，内心也无法承受那大地开裂、山体破碎的沉重。

那天，和今天一样，也许本该是一个平常的日子。勤劳善良的人们，平静地生活在祖祖辈辈辛勤守望的这片土地上，生活简单、自然。他们在物质条件上也许是匮乏的，但心灵世界却无比怡然自在，世代相传地过着游牧生活，牛背上驮着他们的整个世界，无论春夏秋冬、严寒酷暑，广袤无垠的大草原上处处是同胞乡亲们悠闲快乐的天堂。

只是，为什么，突然间，地动山摇，瞬间的震动吞噬了一切，再熟悉不过的家乡转眼面目全非。刹那间，所有的安乐，戛然而止。只是眨眼的一秒钟，当再次睁开双眼，他们却再也见不到昔日繁华的街市，只看见扭曲的房子，倒塌的墙；看不到川流不息的人群，只看到一具具痛苦无助的躯体躺在废墟上；看不见一家人齐享天伦之乐的温情画面，只看见一张张悲伤泪流的脸庞，无数流离失所的同胞的苍颜。这一切如此血泪斑斑，撕心裂肺。刚刚还是鲜活的生命，转瞬却已魂飞魄散，只留下一个个冰冷僵硬的躯壳，这不是充分显现着无常吗？死亡见证了无常——我们在世间所有的爱恨情仇、贪恋执着，在死亡面前转瞬成空，面对这场灾难，面对这个大无常，执着何在？

玉树对遇难者采取了集体火化的形式安葬，新闻图片中，上千人的尸体堆积在一起，让我不由得想到：这难道不是人间地狱吗？一群身着红衣的喇嘛穿梭其中忙碌着，似勇敢的菩萨无惧地在轮回中救度众生。他们不仅与官方的救援队一起参与现场救援，还特别承担了搬运尸体、焚烧、火化，为亡者超度的工作，他们是勇士，是真正的菩萨。大灾面前，很多的人能够献出爱心，但普通人也只是接触、帮助那些幸存的生者，却鲜有人愿意触碰亡人，这时，发菩提心的修行者——喇嘛却担当了常人不愿做的工作。"事死者，如事生"，修行人的慈悲是无缘大悲、毫无分别的，甚至会更加关注那些孤苦无助的中阴身众生。在藏区有很多喇嘛为灾区的同胞奉献了自己的全部心力，即便有些人并没有直接去现场参与救助，但他们也都在默默的念经祈祷，有些寺院专门为受灾遇难的亡者举行七七四十九天的念经超度，这是常人无法用肉眼衡量的殊胜行为，也是对于生者与死者的莫大安慰。非佛教徒恐怕是永远不能懂得的，这是给予亡灵最大利益的方法，喇嘛们也是在践行大慈大悲救苦救难的菩萨行，祈祷阿弥陀佛、无量光佛接引那些亡者脱离六道轮回之苦，得到永久

解脱。

大地还在痉挛，灾难还没有结束，我们从各种媒体得知，每天都可能有遇难的同胞被发现。多少无助祈盼的眼神，多少焦急渴望被救助的等待，可是时光在流逝，许多垂危的生命已停止了呻吟。这几天，恍惚在梦里，我常常梦到自己穿越重山，到达一处处的废墟跟前。

我多么想与我的战友——那些喇嘛勇士在一起，挖掘救援、焚化尸体、为亡者超度，特别是火化这项工作，有着常人难以想象的艰难，滚滚浓烟伴着焦臭，异常刺鼻，令人作呕的气味会飘散到方圆几公里的范围内，这么近距离地参加火化，喇嘛们会多少天都不能进食的。远在异乡的我心急如焚，自己不能够加入他们的队伍，只能为那些亡灵祈祷超度。令我在悲痛焦急之余尚能获得一丝安慰的是，在异乡我还可以作为一名志愿者，哪怕是只能为灾区人民贡献出一点儿力量的志愿者，能够为家乡同胞尽一份心，我也稍稍心安一些；我每天在医院忙碌，为伤者做汉语翻译，与他们谈话，对他们安抚，虽然有时会很疲惫，但却让我切切实实感受到我的手是和灾区的家乡同胞握在一起的。

哲学家尼采曾说过："伟大的星球，如果没有你所照耀的人们，你的快乐何在呢？"面对突发的自然灾害，我们相互搀扶着、承担着，我们也无须过多地抱怨自然界，地球毕竟是我们的"母亲"，我们真的与大自然做到"和谐相处"了吗？人类的发展离"天人合一，共存共荣"的境界还有多远？我想我们利用、改造自然也应当是一门艺术，可持续发展才可以保护好人类的每一片乐土啊！虽然在宏大的自然怀抱中，人，显得有些渺小和脆弱，但人生更是一个自我征战，是今日之我向昨日之我挑战的历程。

让悲伤止步，重拾"生而为人"的信心。重建家园，便是我们对于死难的同胞最好的告慰。感恩的心，感谢有你，爱——蕴藏了无穷的潜在力；爱——增进着灾区人民的生命力；爱——召唤着同胞们去开拓另一片山清水秀的家园！

不管是前世的业力还是今生的灾难，一切都会过去的，同胞们加油！我坚信，明天的家园一定会更加美丽。

我的泪水

泪水，将我们淹没在一片彻骨的悲痛中，鸟语花香的春天，无数的生命就这样倏然离去。

离去，将我们泣血的呼唤置若罔闻，生命，为何如此匆匆，匆匆得如此脆弱？

脆弱，本是生命的特质，在它称为生命的那一刻，与永恒的自然相比，脆弱得让人心痛。

心痛，当亡灵化作流星雨，我在梦中看到了，那么多灵魂飞向另一个世界。

活着，并不容易。我们要历经人生的风风雨雨，成功与失败，欢笑与泪水，酸甜苦辣，百味人生。

只有活着，我们才能担一份生而为人的责任，那份责任使我们将履行生命之初的那个简单却沉重的誓言：活着！只有活着，我们才能留下一段生命的轨迹，不管它是否完满，那是我们活过的见证，历史的风雨永远洗刷不掉。

也许，只有走到死亡的边缘，才会真切地感受到生命的沉重。年少的青春时光总觉得幸福像花儿一样常开不败，哪知道仅仅是一瞬间的震动就可以在生与死之间留下一道永远也弥合不了的深深沟壑。

许许多多的同胞家园破碎，骨肉分离，泪水和血水一起流淌，幸福之花顷刻散落……逝者的亲人饱尝了人间最大的痛苦，觉得自己活着比死了还沉重。

这就是灾难的不幸，它不仅吞噬了无辜的生命，而且也留下了肉体和心灵上的深度创伤，让活着的人在无数个不知昼夜的日子里承受着难以承受的生命之重，肢体残缺了，家也残缺了，爱也残缺了，梦也残缺了……

所幸的是灾难也教会了在不幸中幸存下来的人们懂得了珍惜，懂得了什么是最宝贵的，也懂得了该为活着的生命付出些什么。常言道：大灾显大爱。当我们经历了这些特别的时日，仿佛一刹那我们整个民族都大彻大悟了。无论是废墟下压着的身躯，还是废墟上忙碌的身影，心和心都凝结在一起，众志成城，共赴时艰，拯救生命，重建家园。同胞们用血肉之躯和民族之脊一同承担了生的希望和活下去的信心。

大灾是一个教训，它会使人类越来越聪明；大灾是一场考验，它将使每一个人接受灵魂的质询。懂得生命之重的人就会懂得生命的最重，当幸存下来的年轻的一代和不再年轻的人共同经历了这场大灾的震憾和洗礼之后，肯定会对生命之重有着别样的认识和体悟。记得斯宾诺莎曾经说过："自由人绝少思虑到死，他的智慧不是对死的默念，而是对生的深思。"因此，虽经不幸，我们却没有理由痛不欲生，痛定之后自当思"重"。其实，生命

之重并不在于生死离别的痛楚所带来的心的沉重。生命之重在于对他人的责任，也许为了一个承诺我们就必须坚持到底；生命之重也在于对生命的尊重，为了他人活着，有时我们不得不付出一切；生命之重还在于一种博大的胸怀，它是奉献，是牺牲，是把别人的亲人当作自己的亲人，是为了一种你认为值得的信仰而义无反顾。当然，生命之重也包含珍视自己的生命，即使到了最后的关头也不言弃，除非生命已经走到尽头。因此，曾经沧海，何惧溪流，只要承受得起我们已经承受过的大灾难后的"重量"，生活中还有什么不能承受？

地震没有震垮我们的生活，更没有震垮我们的意志。墙倒了我们重修，房塌了我们重建，心里的伤我们一起愈合。逝者已去，生者奋起，在大爱面前没有弥合不了的沟壑，让有限的生命时空延伸出无限的生命之重……

一场空前的灾难正在过去，痛定思痛，有太多刻骨铭心的记忆。有太多关于人生的感慨。对于时间、生命，我们有新的感悟。

时间，一直以来就是神秘的。每个人一生之中拥有多少时间我们不得而知，冥冥之中似乎被一种无形的力量所支配，好像驾着马车在时间的荒原里奔跑，不知什么时候会跑到世界的终点，跑到生命的尽头。它总是一往无前，从不愿也不会为任何人、任何事停下脚步。相对于时间的永恒，人的生命愈显短暂。我想这就是人们在面对时间时产生如此巨大的虚无感和幻灭感的原因。为什么苏东坡要"哀吾生之须臾，羡慕长江之无穷"；为什么庄子会感叹"死者，命也。虽有昼夜之长，天也"；为什么陈子昂

"念天地之悠悠，独怆然而涕下"，因为当个体生命面对时间，用最本真的心灵去感受时间的无涯，人生的短暂与艰难生发了我们无休止的荒诞感与孤独感。

这种荒诞感与孤独感潜伏在平凡人琐琐碎碎的世俗生活中。生活作为生命的表象，大部分是平淡而乏味的。太多太多的虚假、谨慎使现代人在快节奏的都市生活中慢慢淹没了最初的本真。我们变得容易漠视很多东西，甚至包括生命。在大街上看到的车祸，可能在茶余饭后随口聊聊，感叹一番，随后就被抛弃、被遗忘，像看过的电影，像嚼过的口香糖一样不再有谈论的价值与意义。大雨冲洗掉血液的痕迹，车轮碾过的尘土继续飞扬，人们继续走自己的路，不为别人停留。世俗生活试图把我们封闭，使我们麻木，时间在我们的漠视中流走，人们忙着排队，忙着做饭，忙着生活。时间仿佛过得飞快，还没有被感觉就早已逝去，直到灾难降临，震痛了亿万人的心，很多人发现，原来没有表情的面孔下依然涌动着热血与激情。

　　轮回世事风起云涌，置身于此神山圣水的怀抱中，唯坐享宁静、喜悦！

努力变善良，实践菩提。

第四章
在生活中修行

智慧是对治烦恼的利剑

　　人们在现实生活当中，难免遇到很多是是非非。有的来于自己，有的来于他人，大人有大人的烦恼，小孩有小孩的烦恼，总之不会有无缘无故的爱与恨，一切都是由因果所生。譬如：宗派之争、民族之争、国家的政治争斗以及名声、地位的争斗等皆属于大烦恼，或者说五毒烦恼是大烦恼；小的烦恼乃是工作、家庭、事业、爱情之争。世间的争斗是没完没了的，来了一个又一个，来去匆匆，无有止境。所以众生的烦恼也是无止无休，甚至为了极小的事情，也会烦恼、造业。

　　其实烦恼并不可怕，可怕的是不明如何对治烦恼，却为了避免或者逃避烦恼，作出愚蠢之事，甚至为烦恼而烦恼，固执、执着于烦恼，最后被烦恼所控制。譬如：学佛的目的就是消除烦恼，破除自我，但有的学佛人不但没能制服烦恼，反而增加烦恼，越来越执着烦恼。他们为了门派、为了寺庙、为了自己的自尊或者利益，争斗不休，辩证不休，其中生起的种种烦恼，还不都是为了获得胜利、名誉嘛。人们在学佛的同时，也造就了很多顽强坚固的烦恼，学佛人为了门派而争斗，为了佛菩萨而争斗，没识破自己的烦恼与执着，反而被烦恼击倒在地，最后佛法也变成魔法，这样的烦恼就太不值得了。

那么我们如何解决这些烦恼？如何面对眼前的这些问题呢？只有大圆满那样无边无际、无所不包括的大智慧，才能拯救众生内心的畏惧、烦恼等痛苦。其智慧既不损害他人，也不阻挡自己的利益。

举个例子：当生起傲慢的时候，首先要知道这是傲慢心，过患极大，是能够让人失去亲朋、财产等的可怕毒源。傲慢也是很微细的烦恼，难以让人发现，所以要通过时间仔细观察。

当知道这是傲慢的时候，还要知道傲慢的根源在于何处，我们为什么傲慢，傲慢到底来自于他人还是自己，要刨根问底。

如果你真的能够发现傲慢是来自于自己时，那么"自己"是何人，所谓"自己"是你的身体还是你的心识，或者是你身心以外的什么东西呢，必须一一追问下去，仔细观察后，再问何为傲慢、何为烦恼等。

当你真的发现傲慢的罪恶祸根在自己身上，而且自己也知道为何傲慢的时候，这个傲慢将会自然消失。如同不好吃的或者自己不喜欢吃的东西，我们自然不会有胃口一样，当知道了烦恼的危害，它又来自于我们自己，也知道其实烦恼没有什么大不了时，它自然就会灭掉的。

人们非常害怕烦恼、造业，因为担心将来会受苦、下地狱，但是他没有仔细地观察过烦恼的每个部分、功能、变化。人们自以为没有明显的烦恼，就觉得不存在烦恼了，以如此大意去做

事，肯定会出现很多不好的问题。这都是因为没有智慧的原因，看不透世俗的真实面目，让假我欺骗了自己。修行人平时不能太大意、随便，要时时刻刻关注自己的心态，而且要观察它最细微的每一个部位。我们不能为了暂时的利益，放弃最终的目标，也不能为了小小的利益心生极大的烦恼。若没有仔细观察过自心，很难以发现自己的烦恼，自己越以为没有烦恼时，反而说明你越有烦恼，而且是大烦恼。譬如：邪见者肯定认为自己是对的，正确无误的，但实际上他就是邪见——颠倒意识，因而无法去学修正法。

曾有人问阿兰若师："您修习何法呢？"阿兰若师说："日日夜夜唯一应当观察自心，此外哪有其他的事？"所以我们应当效仿阿兰若师而行。华智仁波切在《自我教言》中也说："总之时时刻刻中，自观自己极为要，出世世法亦归此。"这是真正的智慧。

无论是世间法还是出世间法，每个人面临的过程是一样的，都有最初的开始、中间的发展以及终究的结果，但是有的人最后归于失败，有的人却获得成功。其实胜败皆来于自己，不会是无缘无故生起的，一定有它的根源。

当看到每一个失败的时候，特别是修行人要从内心深处问问自己，失败的原因到底在于何处？其实大部分皆来于自身，也许是你傲慢，让人无法接受你；也许是你很小气，使别人难以容纳你。其实，越是以为自己是对的时候，越有可能自身出现了大的错误，这个时候必须慎重地观察自己，不能忽视心的每个动作、过程与刹那。要知道自己败在哪儿，是与人相处的方式欠妥还是处理事情的方法不对？要把那个导致失败的烦恼找出来，然后承认自己的错，这样才能得到悔改、不再做错。任何毛病归于自己身上，一切优点归于他人身上，如此就容易看透事情胜败的破绽了。如果能以这样的心态长时行持，做事情的结果自然会有变化，但是如何调节变化，还得看你如何调整自己的心，以何种心去处理人际关系之事。

无论再怎么失败也只是一个过程，绝对不是结束之时，所以人们常说"失败是成功之母"。同样，当每一次成功的时候，也要问问自己，为其成功付出了多大的代价，其间生起了多少的烦烦恼恼，而这也只是个过程，不是最终的结果，可能还会面对更加严重的失败局面。即便到了生死关头，也不是你的终点，这也是一种过程，这样你就不会那么执着于世上的每一件事了。

格尔德仁波切曾说："在家事业断除故，可谓出家；恒时调伏自相续，可谓修行者；对断除烦恼者，可以安立成就者。"当你生起智慧时，会逐渐弱化自己的烦恼，对生活条件需求的欲望就会减少，少欲知足或者随遇而安的时候，你的生活就是修行，修行就是生活。所以修任何法最终要修行的就是我们的生活。如果彻底看透自己生活的本性、是非曲直，那时你修大圆满也好、修其他法也罢，才真正能断除烦恼、随心所欲。

人要自力更生，自食其力，一般的动物也能做到，如果你的人生目标仅仅如此，那么你跟动物就没有什么两样了。我们是人，人除了自己的生活之外，真正的目标就是获得永久的安乐，且希望人人皆得其安乐。故此，大圆满修行就是人类教育，在人们的生活当中，是真正能给予人安乐的智慧，是不可缺少的、超越世间任何学问的人生哲学。

何为智慧

人们在研究、判断事物时，会生起不同的观点与见解，但除了圣者的不二智慧，皆非大智慧。比如凡夫认为：万事万物水火不容，一切都要分出大小、是非、高低、好坏，把万物间的关系理解为矛盾对立的，在此之上建立你我自他。而圣人却非如此，他认为：万物是相依相存的，实际为水火相容，相对与绝对合而为一。所以说，所谓的智慧不是世间的小聪明，而是缘慈悲与出离心得来的般若智慧。

智慧的性质就是"万法本性本不离空性"，其不是佛所为，也不为众生的因缘所生，而是它的本来面目。所谓"空性"绝非单空、绝空，也不是寺中无僧、瓶中无水、一潭死水之空，它有着利益大众，发挥慈悲等殊胜的作用。万事万物无所不显，大慈大悲等一切利生功绩皆为它的作用。"空性"是指万物的本质问题，圣人能描述万物的最真实面目，也就是宇宙空间的真理。若非真理，则非佛，非空性。佛的智慧是无缘大悲，是智悲不二，他能把智悲水火相容，一切好坏、高低、大小皆平等于本觉如来。

　　进而言之，大圆满离不开空性，离不开智慧，它认为万事万物来自心，自心本体为空性，本不离心性。大圆满的究竟是心的本体、万物的实质，声光色彩皆不离本性，皆来自心性智慧。声光色彩原本处于心性范围，是与其俱共俱存，证悟它则成三身佛，即佛的相好、净土、宫殿、妙音、授法、五智皆为他的幻化；非证悟它则生身口意、五毒、五境、五根以及六识。

　　涅槃与轮回皆来自心，声光色彩本来就处于本性胸怀，是与自心俱共俱存，谓俱生智慧。比如：利用太阳能发电时，只有接触阳光才会有能量，才可以发光。时机成熟了，接触外境，心自然会发挥作用，使声光色彩展示于外境。众生由于无明、执着、分别，把它视为外境，分别于所取范围，使之显示很多现象。声音结合于自心，产生五大元素，从中生起气、肉、骨、血、热等色体现象。色体展示六境与五根以及五脏，从中生起各种脉轮以及阴气阳气。光结合于明，产生语言、描述、教理、妙音等语；色彩结合于明，便展示意识，从中生起思考、分别、烦恼。烦恼又制造憎恨、贪念、妒忌、傲慢、愚蠢等种种更多烦恼。身口意就是来自声光色彩，声光色彩就是心的心所，心的幻化。这些都是非智慧之故。

　　人有烦恼分别，自有苦乐感觉，喜怒哀乐。喜怒哀乐制造生死循环，生老病死之变迁。实际上，轮回与涅槃皆为缘生缘灭，不离缘起，不离因果，所以佛教就是因果导师，缘起老师。譬如：声音结合于明，展示天的作用，空中自生能暖、能凉、又轻的风元素，故谓空生风；风吹元素使其摇动，逐步产生能热、能

烧之火；风与火互利互助，生起水元素；风吹、火烧使水沸腾，长时间的搅动便产生地元素。这些都是缘生缘灭。

五大元素结合于心，产生贪、嗔、痴、傲与妒五毒烦恼，即天空结合于心，产生嗔毒；心结合于气元素生傲慢毒；心结合于体内的热元素产生妒忌；心结合于血元素产生贪毒；心结合于肉元素而生痴毒。五毒接触于五大元素产生色受想行识五蕴：即嗔毒与天空结合而产生识蕴；傲慢与气元素结合而产生行蕴；妒忌与热元素结合而产生想蕴；贪毒结合于血产生受蕴；痴毒结合于肉产生色蕴。五蕴与五毒融合而产生行蕴业等很多行为，包括善业、恶业、无记业。业与烦恼融合而产生轮回的个别种种痛苦，自无始到无终，转世于三界六道，受各种痛苦。这些都是通过十二支缘起而循环，不是因为恶业而是因为无明所为。无论是轮回还是涅槃，都是明与无明制造，实际上除了自心而生的明与无明，别无轮回与涅槃。

修行到位，理解圆满，所见所闻皆转变成智慧，转变成佛的身口意事业功德。不二智慧既非烦恼，也非智慧，他既是烦恼又是智慧，烦恼智慧水火相容，那就是不二法门。所谓不二法门指的就是心性，心性本为一体，没有烦恼与智慧、佛与众生、涅槃与轮回之隔，皆平等于本觉范围。本觉展示了佛的相好、净土、宫殿、利生功绩等很多显现，所以本觉作用无限无量。

一切平等不二法门，其为本性明灯，此即智慧。

观"心灵的本质"

　　之前有些道友向我请求一些有关大圆满或中观方面的开示，以及有关这方面的内在实修方法。本人乃凡夫俗子，讲不出甚深的法，再者很多密法也不能这样公开传讲的，但是就我所了解的、聆听到的我们传承上师以及祖师大德们对大众开示的，不共同修法中的一些内容传讲给大家，虽是对大众宣讲的，但也有很多诀窍在里面，希望对求法者会有一定的帮助。

　　下面给大家介绍一种观想的方法，旨在帮助我们澄清思绪，静观自我的本质，而拥有一颗"平静的心"。

　　这个观想练习是让我们认知并感觉到自己心灵的本质。这个练习至少可以让我们达到一个最基本的认知程度。通常我们想到心灵时，都会用一个抽象的概念来概括。譬如我要你定义心灵是什么时，你可能会直接想到脑部运作或是认为那是一种"知"的能力，或是一种"聪明智慧"。但是没有经过观想训练，这些说法就是一些字句而已。经由直接的经验体认，而非一些抽象的概念来认知我们的心灵是非常重要的事。所以这个练习的主要目的

就在直接感觉、抓住心灵的本质，如果你说心灵是"透彻明智"的，你也要能真正感觉到才行，而不只是一种抽象概念而已。

这个练习会帮助你慢慢地消除胡思乱想，而能让自己的心灵保持长期的平静澄澈。练习的时候，可能会觉得空无一物，进入一种出神的状态。但是再过一阵子，便会开始认知自己的心灵本质、所谓的"澄澈"与"洞察"是什么，就好像是一个水晶杯中装满水般的清澈。如果这个是纯洁的，你可以看清楚整个杯底，却仍然能感知到杯中有水。

做这种非概念地观想练习，并不是要让自己变得呆若木鸡，或是让头脑空洞，第一步要做的是先观想："我要体验的心灵本质不是一般概念上的本质。"

一般来说，我们的心灵会受到外在的环境左右。我们的注意力是跟随着我们的感觉经验而来，那会让我们的心灵停留在知觉与概念的层次上。换句话说，我们的知觉都是跟随着我们的肉体经验与精神概念而来。但是在这个练习中，你要做的是抽出你内在既定的思想，不要去追逐你所知觉到的感觉，但也不是把自己掏空到呆若木鸡的状态。你要保持灵活机警，然后试着去看你意识的天然本色——你的意识不再受到过去想法的约束，不再有往事或回忆；也不再有对未来的向往、计划、期待、恐惧与希望。只是保持自然而中立的心灵状态。

就像一条川流不息的大河，从表面不能清楚地看到河床。然而如果你能在两头让河川停止流动，让河水静止，这时你便能一清二楚看到河床。相同的，当你能停止对现实事物的感觉，停止对过去或未来的想望，让你的心灵自由，定格在完全空无的状态时，你就能看到在思想乱流之下的心灵本质是什么了。这是一种清楚明澈的思想状态。你应该试着观察与亲验这样的感觉。

开始的第一步可能非常困难，所以让我们一起来练习。第一步，当你开始体验到心灵意识的本质时，你可能会有一点心不在焉的感觉。这是因为过去我们太让我们的心受到外界的牵制了——我们习惯于用自己的观念、想象等来看这个世界。当你从现实中抽离时，你几乎会认不得自己的心灵本质了。那像是一种心不在焉的真空状态。但是当你慢慢进展，你会渐渐洞察到一种明光。这表示你开始了悟自己心灵的本质了。

真正深奥的观想训练也都是要从这样空无的基础开始的。在这样的观想当中，因为没有一个具体可以思考的事物，很容易就会打瞌睡。

所以一开始，先做三次深呼吸，将你的注意力集中在呼吸上。只要注意呼气、吸气，反复做三次，然后开始观想。

信仰与修行

做人需要信仰，一个人有了信仰，就会更好地成就人格。如果说科学是照亮人类生存之路的那盏灯，让人类生生不息，那么，有什么可以照亮我们的内心，让人类具有生生不息的力量呢？纵观世事，多少东西虽历经千年终不免付之一炬：从小的方面说，人的一生，匆匆数十年，很多人辞世前甚至无一物可遗留世间。唯有信仰，贯穿于人类发展的历史中，也刻画在一个生命的年轮里。它就像一盏明灯，照亮了人类，从蒙昧到智慧；也指引着每一个人，从生到死，从茫然到快乐。信仰，便是人类生生不息中隐藏的力量。

人活在世上总要有个目的，否则活着的意义何在？大多数人一辈子都在追求生命的价值，但是因为每个人的目标不同，所以方向不同，结果也不同。佛教的基本法义就是教导我们在世间如何过有意义的生活。一般人总觉得佛教是消极的出世思想，但是一个菩萨行者不但自己过觉醒的生活，同时也以唤醒众生觉悟为己任。因此，一个真正的佛教徒其实过的是最积极的人生。

佛教追求的目标与一般人追求的目标并无不同——得到快乐、远离痛苦，但是佛陀知道世俗人所追求的快乐只是短暂的，终究还是痛苦相随。例如对于名声、权力、财富、爱情的追求，得到以后虽有短暂的快乐，但不久之后又开始追求更多、更大、更高的目标，好像人生有积极的方向值得奋斗，但终究追逐的只是无尽的不满，其过程则是痛苦相伴。而佛陀要我们追求的却是究竟的快乐。

　　弥勒菩萨说："菩萨以智慧故，不住轮回；菩萨以慈悲故，不住涅槃。"众生因为执着故，还在颠倒梦想中。一个觉醒的菩萨虽然已经不受轮回之苦，但是不忍众生苦，而生起慈悲心，不肯安住于涅槃境，以其大智、大力、行大悲行，唤醒梦中人。这是一个佛教徒的目标。

　　生命的目的是什么？我相信，人生的终极目标是满足、喜悦与快乐。快乐来自一颗善心、慈悲与爱。如果我们拥有这种心态，即使被仇恨所环绕，也不会受到太大的干扰。另一方面，如果我们缺少慈悲心，意念中充满了愤怒与仇恨，不论情况如何，都得不到平安。缺少了慈悲心，我们会觉得不安全，最后，感到恐惧与没有自信。然后，甚至是一件小事，都会使我们的内心世界失去稳定。但是，如果我们很宁静，即使面对一个严重的问题，都会知道如何应付它。

　　为了充分运用人类的才智，我们需要宁静。如果我们因愤怒而失去了自己的稳定，将很难好好利用才智。如果我们不稳定，被负面意念所影响，将误用自己的才智。观察过去几千年的人类历史，尤其这一个世纪，我们看见因仇恨、愤怒、恐惧与怀疑等

负面情绪引起大毁灭的人类悲剧。我们同时也看见出自于慈悲等美好心境的许多人类历史的正面发展。

现代的经济发展决定了国家之间必须互相依靠，即使敌对的国家也要在经济及能源方面合作。因此，不论大到世界、小到家庭，人类都需要和谐与合作。真正的合作不是出于强势，而是相互的尊重。一种利他的态度是最重要的因素。

如果一个人具有对人类的责任感，他自然会照顾环境，包括减缓工业发展与人口增长。如果我们思想狭隘，只管自己所处的环境，将不能创造一个积极的未来。

过去，因我们的行动疏忽所造成的影响，还不是那么严重。但是，今日的科学与技术，使我们能够制造出更大的利益，或是灾害。核武器的威胁，以及采伐森林、污染、臭氧层空洞等所造成的伤害，使人十分不安。我们都知道悲剧发生的危险，但是，其他人几乎没有注意到这些改变（譬如失去土壤表层等自然资源），这种情形是非常危险的，当外界开始影响我们时，已经太晚了。

因此，从各方面来看，真正的合作与责任感，来自于慈悲与利他主义，我们不但必须尊重人类，还要尊重、照顾并且不干扰其他的生命与环境。每一种有关个人、家庭、国家与国际团体的福利性工作，它的解答都在于一颗利他的心。

佛家的要义就是：一方面要慈悲，一方面要互为因缘。我总是告诉人们一定要将行动与行动者区分出来。我们反对坏的行为，但是并不表示我们反对那个人，那个行动者。一旦行动中止了，就会出现另一种行动，然后那个人可能会成为朋友。互为因缘的理论能够让我们发展出更宽广的视野。我们的心灵越开放，比较不会执着于破坏性的思维如愤怒等情绪，因此就越容易做到宽恕。在现代世界中，每一个国家都更加互为因缘，相互依存，彼此相连。在这样的情况下，毁灭你的敌人——你的邻居——长远来说就是毁灭你自己。你需要你的邻居，你的邻居越繁荣昌盛，你获利就越多。我们现在所谈的并非完全排除愤怒、执着或偏见这类的情绪，只是要降低。互为因缘非常重要，因为那不只是一种观念，它确实能降低这些负面情绪所带来的痛苦。互为因缘的理论是对真实有充分的理解，我们了解到我们的未来仰仗着全世界的幸福安乐，拥有这样的观点能够消弭狭隘的思想。狭窄的心灵更容易发展出执着与憎恨。我想这是互为因缘这个理论的精华所在——解释了自然的律法。自然的律法对于像环境之类的问题有极大的影响力。互为因缘的理论是佛家也是生态学的基本原则。这个信念的核心就是所有的事物都是以一种深不可测、但确实具体的方式互相联系的，最终，所有的事物都是互相依赖着彼此的。我们全都身陷在因陀罗网①中。

　　我很喜欢做众生喜欢的事情，有时候众生喜欢的事情表面上看着"恶"我也愿意做。我认为，你对众生所产生的利他精神的力量愈强大，你就会变得愈勇敢。而你愈有勇气，也就愈不易感到灰心丧志或失去希望。所以，慈悲也是一种精神力量的来源。虽然我们做的还不够，但还是要不懈努力地去做啊！

---

　　① 梵文 Indra－jala 音译为因陀罗网，意为天帝网。装饰帝释天宫殿的宝网，其中每一网眼皆系有光明宝珠，而宝珠互相反射照耀，益发璀璨光明庄严。因陀罗是印度的神，这个神一旦撒开网，所有的人、这世上的一切生灵都被收进网里，无一漏网。所以，一切生灵的存在都逃不出因陀罗网。

其实我的很多做法，我也不知道是否叫慈悲吧？就是有一种力量，这种力量是在精神上体现出来的。随着精神力量的增进，就可能培养坚定的决心，而一个人具备决心，无论遭遇任何险阻，都能有较大的成功机会。另一方面来说，若你内心感到犹豫不决、恐惧或缺乏自信，那么通常会培养出某种悲观态度。我认为这是失败的真正种子。所以，即使在传统的意义下，慈悲对于成功的未来是非常重要的。

我觉得我们藏传佛教中的很多修法实在是太殊胜了，就像菩提心的修法，你想象自己吸入这些痛苦，然后把自己的正面特质传送出去，或与他人分享。诸如你善良的心念、你的正面能量、你的财富或快乐等。这样的修炼方式，能让你的心理得到强大的转化，使你内心的爱与慈悲大为增加。像这样的修法在其他地方是看也看不到的。

有一件事你应当谨记在心，那就是心理上的转化需要时间来酝酿，它并非易事。我想有些人以为科技极为发达，他们以为所有事物都是全自动化的。但你们不应期望这种灵性上的转化会在短期之内发生，那是不可能的事。要记住这点并且精进不懈，然后在一年、五年、十年、十五年之后，你终究会获得一些改变。有时我仍然觉得修行这些法门非常困难。然而，我真的相信这些修行方式对我们非常有用。虽然很多修法不是一两天就能修好的，但我们要有长远修行的打算，对自己和法有信心的话，总有一天肯定会成功的，佛无诳语也。

使每一天更有意义

我们懂得如何过日子是极为重要的。我们必须知道什么是修行，什么不是修行；或者什么是佛法，什么不是佛法。了解了这一点，拥有这种智慧的利益是不可思议、无穷尽的。

以前我们也讲过了什么是佛法，什么不是佛法，佛教与非佛教的最大区别就是四法印，就是以阿底峡尊者讲的观点为基础了解四加行这些。我们需要了解，一天二十四小时中，我们所有的行为，包括行、住、坐、卧、谈话、工作、学习等都可以变成证悟的因，解脱的因，来世安乐的因，或者堕入三恶道的因。一切都依我们的发心来决定，所以修行的动机和目标是很重要的。善与恶也都是依我们的动机与目标来决定的。

以喝水为例，仅仅是喝水这一动作，就可以变成来世安乐的因，证悟的因，解脱的因，也可以变成堕入三恶道的因。比如，喝一口水本来是一种自然的、无记的状态，但是喝了这一口水之后去做善业，那么喝水这个动作就变成了善的行为；如果喝了这口水之后去做恶业，那么喝水这个动作就变成了造作恶业的

行为。

　　又如平时我们上班做任何事情，哪怕走路，也可以变成善，也可以变成恶，也可以变成菩提心的走路。从你离开家的那一刻，修持正念，使你的心持续缘念于菩提心，并这样去思维：我生命的目的是为了带领一切有情离苦得乐的。然后将之连贯到你在路上、商店或餐厅里看到的人，车里的人，动物、昆虫等，你走路时从你身边经过的每一个众生。走路时，强烈地觉知每个众生都是你过去、现在、未来安乐的来源，极为慈悲。或者觉知他们曾经当过你的母亲，并以四种方式慈悲待你，那是无量的慈悲。以这种觉知来走路，将能特别感受到你所看到的一切有情的慈悲。你心中形成的定解应该是你希望能带领每位有情解脱苦海，使每位有情获得安乐；你希望带领他们成就佛果。当你回家时，以菩提心而行，怀着这种觉知，这就是如何享受生命，如何以有意义的方式过快乐的生活，不被自我所欺之道。当知"菩提心如末劫火，刹那能毁诸重罪"，所以菩提心的功德相当大。

　　你也可以以观修空性的心走路，使走路的行为成为一切轮回苦的对治，它折断了烦恼根，斩断那无法辨别我是空于自性、独立存在的无明。透过这种观修，走路的行为变成证得解脱的因。当你在走路的时候问自己，为什么说"我在走路？"分析它，你说"我在走路"的唯一理由是身的诸蕴正在做走路的行为，除此之外，没有别的理由。由于身的诸蕴正在做走路的行为，由心来安立念头，贴上标签"我在走路"，事实上，身体之中有一个自性存在的我出现在你面前，正现出走路的行为。这个我完全是妄念，完全不存在。那个在走路的我只不过是被你自己的心名言假立，那个在走路的我不过是如此。你所相信看起来好像真实的我只不过由心名言假立，完全是妄念，它并不存在，是空的。无垢光尊者说过："在无有能取所取的瑜伽士面前，此等现而无自性，真是稀有可笑。"因缘俱足的时候，什么都可以显现，但你真正去观察，它根本不存在。

学习过中观的人，都会用中观的方法去破除无我，破除俱生我执和遍计我执。像寂天菩萨在《入行论》第九品中讲的"齿发甲非我，我非骨及血，非涎非鼻涕，非胆汁非脓。我非脂非汗，肺肝亦非我，余内脏非我，亦非粪与尿。肉与皮非我，热与气非我。孔穴亦复然，六识皆非我"这些断除人无我的方法，用"车乘七理"、"五相道理"、"金刚屑"、"四际生灭"以及"离一异"之法理等来予以抉择，你就会感到自己在走路时，会有一种想法：我在哪里？我是真实存在的吗？还是一种假立的存在？就会有些疑惑。这样就会产生如"梦幻泡影"的感觉。

一切显现都是如幻如梦的，另一种走路时简单的观修方式是问自己：我是否仅依名言假立而现起呢？在我眼中，它显现的样子并不是这样。走路的行为是否仅依名言假立而现起？道路、天空、车辆、人们、你的猫、你的狗、冰淇淋是否仅依名言假立而现起呢？我所看到的一切，是否仅依名言假立而现起呢？不，在我眼中，他们显现的样子都不是这样。因此，这一切全都像个梦，它是一种幻相。你在梦里走路：道路、树木、天空、地面、路人、走路本身，一切都在梦中。实际上，表达这一点正确的方法应该是说"它像一场梦"，但或许对我们的心而言，说"我在做梦"更有效。为什么要这样观修？当你修习这种觉知时，就没

有执取，没有贪着，因为你了解一切都是一种幻相、一场梦，并不是真实的。正如《金刚经》所云："一切有为法，如梦幻泡影，如露亦如电，应作如是观。"又《般若经》中云："一切法如梦如幻，涅槃亦如梦如幻，较涅槃有胜法者，此亦如梦如幻。"事实上，这一切看起来自性真实存在的东西、自性真实存在的我、自性真实存在的走路的行为、自性真实存在的对境、真实的道路、真实的天空、真实的树木、真实的敌人、真实的朋友，与实相完全相反。这样思维后，就会发觉贪着和嗔怒是没有道理的，随即心变得宁静、客观、自由，同时也因宽容而毫无怒意。

其实我们的任何执着，都不是本性原有的，而是后天执着无明而带来的，假如我们看100两黄金和一堆大便的话，世俗的人就会对黄金眼睛直直地产生贪恋，但是对大便就会很厌恶，而跟这个人同时存在一条狗的话，它不会选择黄金，绝对会选择大便，黄金对它没有任何意义，所以我们平时执着的东西，并不是说这种东西本身很值钱，而是我们后天无明产生的执着分别造成的。就如同一杯水在六道众生的眼中看到的也不同，在天人眼中是甘露，在人眼中是水，在地狱众生眼中是铁水，在饿鬼眼中是脓血等，谁的看法正确呢？众生无明不同，执着的业力不同，看到的也不同，相比之下，上上的是真实的，下下的是假立的。这六道众生来看水的本性的话，六道众生都不是真实的，六道众生不如声闻缘觉，声闻缘觉不如阿罗汉，阿罗汉不如菩萨，菩萨是从一地菩萨到十地菩萨，菩萨不如佛，佛是最真实的，佛以下的这一切都是名言假立现起的。

因此，当你以一切犹如一场梦的觉知走路时，在你心中，你了解一切都不真实，不存在。《大智度论》云："如影诸法，可见而不可捉。"永嘉大师也说："梦里明明有六趣，觉后空空无大千。"六道轮回就像做梦一样，梦里明明是存在的，而醒觉之后，一个法也找不到。如果你将这一点连贯到自性现起的我、行为、对境等，将使你觉察到他们的体性是空。但如果你归因于大体上（仅仅是名言假立）的我，大体的行为、天空、道路、树木等，那么观修的方式是他们并不是自性存在。

当你观修一切如梦时，无论你看到多少事物，人们各式各样的身形，或成千上万的现象，美或丑，你知道没什么好执着，没什么好生气，因为没什么好执持的。在你心中，你知道他们并不存在，以这种方式看事情，帮助你放下。

因此，以视一切如一场梦这种观修方式来走的路，都成为斩断轮回根的对治，它变成对治整个轮回诸苦的良方，包括人际关系的问题，受到他人恶意对待等，以这种一切如梦的觉知来走路，斩断轮回苦的因、业和烦恼。如此，走路可以变成达致究竟安乐、解脱整个轮回的因。

在因地的时候无二法门，大圆满都是不离开缘起法，像《心经》中讲的"色即是空，空即是色"，胜义谛和世俗谛是相互依赖，互相依存，平时走路或者做任何事情的时候也可以用观想缘起性空的方式来抉择思维。

如我之前提过的，你在走路是因为诸蕴在走路，因此心名言假立"我在走路"。仅仅是名言假立的我正在仅仅名言假立地走着，并仅仅名言假立地看到仅仅名言假立的天空、仅仅名言假立的树木、仅仅名言假立的人们、仅仅名言假立的俊男美女、仅仅

名言假立的丑陋、仅仅名言假立的车、仅仅名言假立的房子等。走路时对这种微细的缘起保持着觉知。

像显宗和唯识宗里面讲的从无常入空性下手（无常分粗分的无常和细微的无常）来抉择空性，破除我执，比如第一刹那的我和第二刹那的我不是一个我，如果是一个我的话，那么我是永远不能变化的。其实不是这样的，第一刹那和第二刹那的我，还有外器世界和内情众生，都是变化的，离不开无常和空性的原则，没有永恒存在的我，我们平时做任何事情，也是可以用无常的角度来抉择空性的。

你也可以在走路时观修念死无常。每走一步，思维你的生命正在结束，变得越来越短。特别是如果你走得快，你更能体会生命是如何迅速地结束。无论剩下多久的生命，它正如此快速地结束。每一步你都更接近死亡，如果恶业尚未净除，那么每一步你都更靠近难以忍受的三恶趣苦。当你开车的时候，你可以思维你就像一个被带去处死的人，每一刹那你都更接近被杀的时刻。如此练习并觉知生命如此迅速地结束，越来越接近死亡及三恶道。这样修持也有助于你抉择正面临的问题：人际关系的问题，情绪问题，无论什么问题。

念死无常能立即断除贪着、嗔怒或嫉妒，马上会有不可思议的平静。而且它使你下决心从即刻起修佛法，不浪费人生。它鼓舞和启发你，使每个行为都成为佛法的修行。这是非常有力的禅修。如果我们一天二十四小时都以菩提心做一切事，我们将累积无量的功德。不仅如此，任何一项行为会变成解脱的因，成为每位有情的乐因。透过这种方式，能使你日复一日的生命过得更有意义，更为富足。

我们平时做任何事情时，观察自己的内心是很重要的，不观察时可能是一种无记的状态，要观察自己的发心是善的还是恶的。就像麦彭仁波切所讲的"向外远观百万法，不如内观心法胜，于心外观之爱子，今当向内而观之"。

三世一切佛菩萨，

总相智慧力主尊，

唯一皈处大恩师，

恒住顶上大乐轮，

祈祷上师如意宝，

赐予加持无等尊。

愿佛佛子垂念我，

以四无量行利他，

菩提心摄修六度，

获得自成二利德。

区分爱与慈悲

慈悲心可以简单地定义为一个人心中没有暴力、伤害或掠夺的想法。也可以说是一种精神状态，期望众生能摆脱痛苦。慈悲心还是一种承诺、责任，是对众生的尊重。

要定义慈悲心，藏语中有一个字"泽哇"（Tse－Wa），指的也是一种心理状态，意思是祝福一个人幸福美满。要发展慈悲心，可以从自己开始，祈求自己能免于痛苦，然后不断地练习、强化这种感觉，再慢慢发展到其他人身上。

现在一般人谈到慈悲心，很容易与依恋混为一谈。所以在谈慈悲之前，我们必须弄清楚有两种爱或慈悲。一种慈悲是带着依恋的意味——想要控制某个人，或是你爱那个人，那个人就一定要回报你。这种是最常见的爱或慈悲，其实是充满偏见与狭隘的。建立在这种基础上的关系是不稳固的。在这种有偏见的关系中，你会将对方定义为你的朋友之类的角色，这样就很可能导向情绪上的依赖或闭塞亲密感觉。如果情况有些改变，你们之间有了争执，或是你的朋友做了一件让你不高兴的事，于是突然间你的心中有了改变，原来的概念——"我的朋友"消失了，然后你发现你对朋友的依赖感觉不见了，你的心中不再有爱与关怀，却充满恨意。这种以依恋为基础的爱，其实是跟恨相连的。

另一种慈悲心则是与依恋无关的。这是一种真正的慈悲心，而且不是由于某个人跟我很亲密才产生的。真正的慈悲是很理性的，能够认知到每个人的内心都希望幸福快乐，都希望避免痛苦，就跟我们自己内心的需求是一样的。他们也跟我一样有权利追求与满足这样的愿望。从这种众生平等的观念出发，你会感到与众生的心相连。由这样的角度来看，无论你见到朋友或敌人，都会产生慈悲。你会从别人的角度来着想，而不是只站在自己的角度。慢慢地，你的心中会有更多的爱与慈悲。那就是真正的慈悲心。

这样我们就很清楚这两种慈悲是不同的，而在每天的生活中实践慈悲心是非常重要的。譬如婚姻中包含了情感上的依赖与执着，但是如果两人都有真正的慈悲心，能够互相尊重，这样的婚姻就能维持长久。如果婚姻中没有真正的慈悲，只有依赖与执着，这样的关系不但不稳定，而且很快就会结束了。

有些人觉得爱与慈悲都是我们心中的感情，无论是"带着依恋"或是"真正"的爱与慈悲，我们的感受都是相同的，为什么还要区分两种慈悲心呢？

第一，这两种慈悲心的本质是不同的。这是两种完全不同的感觉。真正的慈悲心更强烈、更广大、更深奥。而且真正的爱与慈悲是更稳定、也更可靠的。就像你看到一条鱼被鱼钩钩住时，立刻会感受到它的痛苦，而不忍再让它痛苦下去。这种感觉跟你

与它之间是否有亲密感无关。在这种情况下，你所感受到的只是那个生物也有感觉，也知道痛，也有权利不去遭受这样的痛苦。这样的慈悲心，与欲望或依恋都无关，它更深刻、更坚强、也更持久。

事实上，所谓的慈悲心就是一个人看到别人或别的生物受苦，心中会有不忍的感觉。要产生那样的感觉，首先要能强烈地感知别人的痛苦。我想一个人越能体认别人的苦楚，他的慈悲心就越强。

体认别人的痛苦能加强我们的慈悲心，基本上慈悲的第一步就是认知别人的痛苦，对别人的痛苦感同身受。有些人会想：我们自己都不想受苦了，为什么还要承受别人的痛苦？也就是说，大部分的人都花了很长的时间解决自己的痛苦与灾难，甚至用吃药来解决问题，为什么我们还得承担别人的问题？

自己所受的苦，与你以慈悲心感受他人的苦是完全不同的——这是本质上的不同。当你想到自己的痛苦时，你是全心投入，无法自已。你会感觉到心中的重担，就像被什么压住一样——那是一种无依无靠的感觉。你整个人痴掉了，就像是全身麻痹一样，没有感觉了。

而以慈悲心来说，你感受到别人的痛苦时，起初也会感觉到某种程度的痛苦，一种难以忍受的苦楚。但是这种感觉是完全不同的，你的心还是灵活的，因为你是为了一个更崇高的目标，去承担别人的痛苦。这是种联系与承诺，自动向别人敞开你的心，你的心是鲜活的，而不是僵硬的。这种情况跟运动员的训练有点像。一个运动员在接受集训时，可能要吃很多苦——练身体、流汗、拉筋等。我想一定很痛苦，有时也会精疲力竭。但是这个运动员并不认为这是痛苦的经验，反而认为是种认可与鼓励，有时还会挺享受的。但是同样的一个运动员，如果要他做一些额外的体力活动，而不是他的训练项目之一，这时他会想："我为什么这么倒霉，要做这些事？"所以心理状况会让两者完全不同。

内心的欲望与执着使我们一直受缚，我们唯一要做的，只是将我们的双手张开，放下自我与执着，就能逍遥自在了。

人生的八苦

生　苦

业风吹识入胞胎，狱户深藏实可衰。

每遇饥虚倒悬下，频惊粗食压山来。

声闻到此心犹昧，菩萨于中慧未开。

誓割爱缘生极乐，花中产取玉婴孩。

　　因为业风的吹送，神识进入了母亲的胎胞之中，母亲的子宫就像深藏的地狱的门户一样，实在是好难受啊。在母亲的肚子里面大头朝下，当母亲吃东西的时候，就好像是大山压到了头顶上，心里充满了惊恐。声闻到了母亲的胎胞之中，心灵也变得愚昧，菩萨在这里也是智慧全无了。发誓一定要割破生死的爱恨情缘，投生极乐净土，从莲花中化身而生。

老　苦

> 万事输入已退藏，形骸自愧小康庄。
> 朱颜一去杳无迹，华发新来渐有霜。
> 流泪暗思童稚乐，见人空话壮年强。
> 宁知净土春常在，不使身心昼夜忙。

　　万事万物都已经到了退藏的季节，身形老迈，自己也感到羞愧。曾经的红颜已经一去杳无踪迹了，青丝近来也渐渐有了白发，常常暗自流泪回忆童年的欢乐，见到别人也爱说起自己年轻时曾经的强壮，要知道只有极乐净土才是青春常在，不会使身心昼夜都得不到休息啊。

病　苦

> 四大因时偶暂乖，此身于计可安排。
> 残灯留影不成梦，夜雨滴愁空满街。
> 自昔欢娱何处去？只今痛苦有谁怀？
> 岂知极乐清虚体，自在游行白玉阶。

　　因为一时的原因，四大不调，偶然感到病痛，想想自己的身体也应该安排一下以后的计划了。残灯留下孤独的梦影，一夜的雨滴洒满了空空的街道。往昔的欢娱都到哪里去了？如今病中的痛苦又有谁知道呢？你又哪里知道极乐净土里的人的身体呢，没有病痛可以自由自在地在太虚里遨游啊。

死 苦

识神将尽忽无常，四大分离难主张。

脱壳生龟真痛绝，落汤螃蟹漫张皇。

其心狱户为囚侣，束手幽关侍鬼王。

何似花开亲见佛，无生无灭寿难量。

无常到来，寿命忽然将要走到了尽头，四大分离的痛苦让人失去了主张，犹如活着的乌龟硬生生地要把它的壳剥掉，又像是落在锅里的螃蟹一样到处乱爬，心识落入地狱，地狱里的众生成为了自己牢房中的伴侣，被拘束于黑暗的地狱之中侍奉鬼王。哪里能和投生极乐净土的人相比啊，莲花盛开，亲眼见到佛陀，无生无灭寿命难以衡量啊。

爱别离苦

生离死别最堪伤，每话令人欲断肠。

虞氏帐中辞项羽，明妃马上谢君王。

泪深红海犹嫌浅，恨远乾坤未是长。

诸上善人俱会处，愿教旷劫莫分张。

生离死别最让人伤感了，每次说起这个话题都令人肝肠寸断啊。虞姬在中军帐中辞别了项羽，明妃在马上谢别了君王。深深的眼泪就是红海也装载不下，绵绵的幽恨就是天地也没有它长久。想想极乐净土，那是诸位善人的聚会处，在那里就是累生累世，无数个旷远的劫数，我们也不会分开啊。

怨憎会苦

苦事人情皆欲逃，谁知夙业自相招。

有钱难买阎翁赦，无计能求狱卒饶。

兵败张巡思作鬼，身亡萧氏愿为猫。

何时得遇莲池会，积劫冤仇好共消。

　　人人遇到痛苦的事情都想要逃跑，可是又有谁知道这是夙世的业力感召到的呢？再有钱也难以买到阎王的赦免，没有任何计策能求得狱卒的饶恕。兵败的张巡誓死守卫睢阳，身亡的萧氏发誓做猫讨债。什么时候大家能在莲池海会上相逢呢，一起消除累劫的冤仇，在净土永享安乐。

求不得苦

穷达由来有夙因，转生希望转因循。

扬帆屡见沉舟客，挂榜偏伤落第人。

毕世耕耘难果腹，频年纺织尚悬鹑。

乐邦衣食天然好，不用区区更苦辛。

　　今生的穷和富都有夙世的原因，转生的规律都有因果可以遵循。扬帆远行的海上经常见到船破舟沉的游客，金榜题名时偏偏遇到那些落第的伤心人。一世辛勤的耕耘却难以填饱肚子，频年的纺织只换来小小的鹌鹑挂在墙上。想想极乐莲邦，那里衣食无忧，一切都是天然，再也不用这么辛苦地劳动，却可以享受永世的安乐。

五阴炽盛苦

逼迫身心苦事多，哀事无地可号呼。

肝肠断处情难断，血泪枯时恨未枯。

临海廿年持使节，过关一夜白头颅。

何当净土修禅观，寂照同时离有无。

　　人生中逼迫身心的苦恼事很多，遇到悲伤的事情让人没有地方号啕痛哭。肝肠寸断的时候只有感情难以断除，血泪干枯的时候唯有愤恨不会枯竭。苏武出使匈奴做了二十年的使节，伍子胥过昭关时一夜间白了头。在任何时候应当勤修禅观，在寂灭观照的同时远离有无两边，投生净土。

罪中重罪杀生首罪

　　杀生就是指故意剥夺或危害他人生命（包括动物在内的所有有情生命）的行为。无论你的动机是好的还是坏的，不管你是明害他还是暗害他，或者说，无论你是直接杀害了他还是间接杀害了他，总之，如果你的行为使对方失去了性命，你就是犯了杀生罪。所以，不论是自己亲自动手，或给他人提供杀生费，或者利用权力和法律手段杀害等，都没有任何区别，凶手除了自己，不会是别人，不管你站在明处或躲在暗处，都是一样的，杀生罪都是你自己的，他人无法替你承担罪业。同样，故意耍花招或使诈致他人死亡，也是杀生罪，例如，以下行为都可以使你构成杀生罪：

　　明知有生命危险，还故意怂恿他人做出承诺、发毒誓，或违心地赞美死亡；故意让他人服用不宜于身体的药物或毒药等，设法让他人自亡；为了致死对方念咒语、抛掷朵马（亦称食子，由糌粑捏成以供神施鬼的食品丸子）、诅咒、压镇（咒师威猛之法，祈求鬼神嫁祸于人的活动）等，以宗教威猛行为或暴力活动，置

155

他人于死地；故意把牲畜等卖到屠宰场；故意让他人压死在崖岩、建筑物崩塌之下；故意让他人为了大事和要事，为了遵纪守法，或为人民寻安谋福而死等，都是杀生罪。

总之，如果从自己的角度，或者说自己作为主谋，故意危害他人性命或剥夺其生命，不论在法律上有没有定罪，其都有杀生罪，所以必定会遭受恶业报应。

比如，杀牛、宰羊、杀鱼类、鸟类等，给某人或某几人献肉、供饭时，尽管你的动机是善良的，所供的对象也是令人尊敬的，但还是会有杀生罪。同样，虽然你杀生是以某善事的名义做的，如为了给父母等恩人亡者做法事，为了家事顺心、无病长寿而念经祝寿所用，为了行善积德给僧众供饭，为了给上师献膳食等，但杀生行为实实在在地发生了，所以，不仅屠夫和施主都有杀生罪，而且因为那肉是"专供肉"（专门为某人或某事杀生所取之肉），所以，如果各所供对象在知情的情况下吃了它，其罪业还会增加一等。这样，本来为了积德修福而做的善事，却会造恶业、导致恶果，不但此生做任何事都不会顺利，而且福德和寿命都会消耗、渐尽。所以，任何时候、任何情况下，我们都不应该给作为皈依对境的僧人、上师等，供献专供肉。

想要杀死一个人，首先要提防被人看见、被人知道、被人复仇，还要考虑到法律的制裁，所以，会有很多顾虑，并非是件容易的事。但是，如果要杀的是胎儿，既不会在法律上定罪，也没有人为之谴责，为之报复，所以，现今社会非常盛行这种变异的杀生方法。比如，有的人为了自己的快乐和幸福，或者为了掩盖罪行，用吃药等方法，把胎儿置于死地，并且自以为那样根本无罪。但是，实际上杀人与杀"胎人"是等罪的，如果你杀死了"胎人"，就等于杀死了一个人，其罪过是一样的，所以，最好的办法是，一开始就想好一个不用造孽的方法。想想也知道，虽然他还在娘胎里，不会说话，看不见嘴脸，但也是父精母血构成的有生命的骨肉，如果他能说话，他肯定会乞求母亲说：母亲，母亲，我什么地方得罪您了吗？您为什么要判我死刑呢？并且，如果他不是在娘胎里，而是已经来到了这个世界上，那他就是自己孩子们的兄弟姐妹，难道你还忍心杀死他们吗？

同样，如果杀死动物，如昆虫、鱼类、鸟类，以及自己的马、牛、羊、家犬等，或者把它们卖到屠宰场，法律上不会给凶手定任何罪，所以，人们认为，动物也像蔬菜等植物一样，既不会生病，也不会痛苦，好像它们根本没有生命似的，这种想法是错误的。如果大家能够设身处地地想一想，就不会不知道其中的道理，并且，或许还能收敛一点自己的行为。实际上，就像我们有生病、痛苦的时候一样，动物也有生病、痛苦的时候；就像我们珍惜自己的生命一样，动物也非常珍惜自己的生命，只是没有人站出来为它们说话，给他们撑腰罢了。更糟糕的是，它们即使被人杀害了，也不会有人为之报仇，为之谴责，凶手根本没有后顾之忧，所以，人们肆无忌惮地宰杀，这是最不应该的。

动物的生命，是由各自的业力因缘形成的，而并非是赐予我们或被我们创造的，所以，它们的生命怎么可能属于我们呢？如果人的生命属于人的话，动物的生命为什么不属于动物呢？难道因为动物不会说话，也无法表达内心的苦乐，不会复仇，更无法为自己想出脱身救命的方法，看着好欺负，没有什么可怕之处，

我们就可以欺负它们吗？大家想一想，如果人类害怕动物，动物身上有我们需要提防、需要畏惧的特点，我们会随意杀害它们吗？会有那个胆量吗？

而且无论杀害小动物，还是杀害大动物，其罪过都是一样的。即使你杀害的是一只小小的蚂蚁，也同样有罪。并且，视所杀众生的体型大小和所杀数量不等，其罪过也不会相等，所以，我们不能滥杀无辜。

如果习惯了杀生，经常滥杀无辜，即使是一个不信仰佛法而性情温和的人，也会变得残酷、残暴起来，所以，杀生是可怕的。

特别是那些野生动物，是山野美丽的装饰，如果你杀害它们，也会给自然生态环境带来危害，所以，我们有责任保护那些野生动物。

以前，有许多关于保护环境、禁止打猎方面的好习俗，我们现在应该恢复那些优秀的传统，保护好野生动物。

杀生中罪过最大的是弑父母。虽然由于各种原因，有些法律上可能不会定罪，但因为造业对象特殊，弑自己父母的行为，是世上最不道德的行为，所造之业属无间罪，因此，其罪孽非常深重。

同样，杀死自己的子女、配偶、亲戚等，或杀死自己的恩人、知己等行为，也是最不道德的，属于欺骗依赖者的行为，所以，其罪过同样很重。

另外，如果故意杀害以下特殊人物，其罪过更会增加一等。如：能够帮助很多人，或能给很多人带来好处的公众人物；德才兼备、学识渊博的大善知识，著名学者等；被很多人爱戴、敬仰的人；作为自己皈依、供养对境的上师、僧伽等；杀他一人会给很多人的生命财产安全带来危害的人等；还有，即使杀害的对象是普通的人或动物等，如果使用暴力手段，进行恶杀和虐杀。所以，我们永远都不能犯杀生罪。

杀生的恶果不论是为了公众利益，还是为了供养上师、僧众等，无论你的杀生动机是好的，还是坏的，只要你杀死了人或动物，就犯了杀生罪，就必定会遭受恶报。如：此生自己和家人的生命安全无保障，寿命短；容颜无光泽；臭名远扬，被称为杀人凶手或屠夫等；经常生病，心情不好，产生恐惧感等；凡事不顺利，总是遇到倒霉事；与亲朋好友疏远；陷入纠纷中，或被官司缠身，遭受法律的惩罚等。不但如此，来世还必遭恶道之苦，并且生生世世都要遭受此恶果，即使获得人身，也因等流果报，生得寿命短，相貌丑陋，容颜无光泽等，总之，此生和来世都只有恶果。

禅定修法简释

上师们说：如果你能在身体和环境之中创造祥和的条件，禅定和体悟将自然生起。有关姿势的讨论，并不是一种神秘的迂腐之谈。采取正确姿势的重点是在创造更有启发性的环境，以便进入禅定，唤醒本觉。身体的姿势会影响到心的态度，心和身是互相关联的，一旦姿势和态度受到启发，禅定自然会生起。

如果你坐着的时候，心与身没有完全相应，例如，你在担心或想着某件事，你的身体就会感到不舒服，问题也比较容易产生。反之，如果你的心是宁静的，有启发性的状态，就会影响全身的姿势，你可以轻松自在地坐着。因此，重要的是，要让身体的姿势和体证心性所产生的信心结合在一起。所以你每天做功课的时候身体姿势很重要，要特别注意的是保持背部挺直，挺如箭，稳若山。如此，气才可以轻易流过身上的脉，心也才能找到它真正的休息处所。什么都不要勉强。脊椎的下半部有一个自然的曲线，必须保持轻松，但不要歪曲。头必须舒服地平衡在颈上。两肩和上半身带出姿势的力量和美感，它们维持着姿态的平衡，但不要用力。

双腿交叉坐着。倒不必双盘，平时做功课不一定要双盘，像大圆满等一些高级修法时比较强调双盘的姿势。双腿交叉表示生与死、善与恶、方便与智慧、阳与阴、轮回与涅槃的统一，这是不二的心境。你也可以选择坐在椅子上，两腿放松，但背脊一定要保持挺直。

在我们藏传佛教的禅坐尤其是大圆满传统禅坐中，两眼必须睁开，观世音菩萨的藏文音译是"千瑞吉"，千是眼角，瑞是看。意思是说，观世音菩萨以他的慈眼看一切众生的需要。因此，你要轻轻地把禅定所散发出来的慈悲，透过你的眼睛放射出来，让你的视线变成慈悲的视线，遍一切处，如海辽阔。这是很重要的一点。开始学打坐时，如果你容易受外来的干扰，可以把眼睛闭一会儿，静静地往内看，将帮助你专心。一旦你觉得心安静了，就要逐渐打开眼睛，你会发现你的视线变得比较安详宁静。现在请往下看，沿着鼻端以四十五度看着前面。这里有一个要领：每当你心乱时，最好降低视线；每当你昏昏欲睡时，就要把视线拉高。

睁开眼睛的理由有好几个，就不一一赘述了，最重要是比较不会昏沉。其次，禅坐不是逃避世间的方法，也不是要脱离世间，遁入一种恍惚的意识状态；相反的，禅坐直接帮助我们真正了解自己，并且让生命和外在世界产生关系。一旦心静下来，内观也开始清明了，你就可以随意把视线拉高，眼睛仰望你前面的虚空。这是大圆满修行所推荐的方法。

大圆满教法强调你的禅定和视线必须像大海一般的广阔：遍

一切处、开放和无边无际。正如你的"见"和姿势不可分一般，禅定可以启发视线，两者合二为一。

不要特别凝视哪一样东西；相反的，轻轻往内看自己，让你的视线扩张，变得越来越宽广，越来越扩散。你将发现视线变得比较广阔了，你也变得比较安详、慈悲、平静和轻安。

当我们的思想改变时，肉体上对痛苦的感觉也会改变。

你是你自己的主人，你的思想就能改变一切。

六字真言

六字真言，梵文为ༀ་མ་ཎི་པ་དྨེ་ཧཱུྃ，英文翻译为 Om Mani Padmei Hum，汉字音译为嗡（ong）、嘛（ma）、呢（ni）、叭（ba）、咪（mei）、吽（hong），是藏传佛教中最尊崇的一句咒语，密宗认为这是秘密莲花部的根本真言，也即莲花部观世音的真实言教，故称六字真言。多用梵文或藏文字母（蒙古地区庙宇还有用八思巴字）书写。通常描画、雕刻在建筑物的檐枋、天花板、门框、大小佛教器具、山岩、石板上。念诵"嗡嘛呢叭咪吽"六字真言加持力不可思议，很多人把六字真言当作自己的本尊咒语，一生不间断的念诵几亿遍。修行人把修行重点放在六字真言的修持上，则临终可以亲见本尊，往生观音刹土。但在念诵时，要思索其义，此六字真言的意义十分广大。

第一字，嗡（ong）是由两个字母（O，M）所组成，分别象征修行者不净的身、语、意，也象征佛陀清净崇高的身、语、意。

不净的身、语、意能转化为清净的身、语、意？还是两者完

全分立互不相干？诸佛就是实例，显示出像我们一样的众生可借修道而成正等觉，佛法未说有人从开始便是全无过失、诸善具备，清净的身、语、意是从逐渐舍离不净的身、语、意，以及将其净化而发展出来的。

如何做到这一点？须修之道则显示在接下来的四个字。

"嘛（ma）呢（ni）"（MANI）的意思是珠宝，象征行方便的各种因素——为利他而求成觉之心、悲心及爱心。正如珠宝可以解除贫困，利他之菩提心也能解除轮回中的"贫穷"和困难。同样的，正如珠宝能满足众生之愿，利他的菩提心也能满足众生之愿。

"叭（ba）咪（mei）"（PADMEI）二字，意为莲花，象征智慧。正如莲花出污泥而不染，智慧也能置你于无矛盾之境，此境若无智慧，即有矛盾。智慧中有了知无常的智慧、了知人无自足实存之"我"的智慧、了知无二的智慧，也就是无能所之别的智慧，以及了知自性空的智慧。智慧虽有多种，皆以证空之慧为主。

方便与智慧必须合一不分，才能获得清净，而象征方便与智慧合一的则是最后一字"吽"（HUM），意即不可分。根据显教的说法，方便与智慧不分，系指方便影响智慧，智慧影响方便。真言乘或密乘的说法则是，一识之中具足为不可分之一体的智慧与方便。就五佛种字而言，"吽"（hong）意为不动、不变动、不为任何事物所动。

由此观之，"嗡、嘛、呢、叭、咪、吽"六字真言的意思是，借着修行方便与智慧合一不分之道，你可将自己不净的身、语、意转化为佛陀清净崇高的身、语、意。你不应于自心之外寻求佛果，所有成佛的要素皆在自心之内。诚如弥勒菩萨在《大乘庄严经论》（属无上密续）中所说，一切众生自心本具佛性。我们自心中有清净种，有如来藏，应予充分发展，转成佛果。

念诵"嗡、嘛、呢、叭、咪、吽"六字真言可断除六道轮回之苦。

嗡：白色之平等性智光，净除在天道中之骄傲及我执，断除堕落、变异之苦。

嘛：绿色之成所作智光，净除阿修罗道中之忌妒，断除斗争之苦。

呢：黄色之自生本智光，净除人道中之无明及贪欲，断除生、老、病、死、贫苦之灾。

叭：蓝色之法界体性智光，净除畜牲道中之愚痴，断除暗哑苦。

咪：红色之妙观察智光，净除饿鬼道中之悭吝，断除饥渴苦。

吽：黑蓝色之大圆镜智光，净除地狱中之嗔恨，断除热寒苦。

佛法与人生

我们每一个人都在寻求更深的人生意义。当今在物质进步的同时，内心的发展是重要而有用的。大家可以观察一下，具有内在力量的人遇到困难时，其面对困难的能力较强。具有内在力量的心态是有助益的，它能影响我们处理问题和面对问题的方式。

人性既大致相同，那么佛教的修行就对人生具有深义和助益。这并不一定指未来转生善道等，就在今生，如果我们以适当的态度对待与我们同类的他人，则此种做法本身即能还给我们极大的满足。原则是善意与悲心。

虽然讲悲心主要是大乘（即菩萨乘）的经典，其实所有佛教的理念都是建立在悲心上的。佛陀的一切法教可用两句话来表明：第一句是："你必须助人。"这包括了所有大乘法。第二句是："若不能助人，亦应不害人。"这是全部的小乘法。这表达了一切道德的基础，那就是不害人。大乘和小乘法都是立基于爱心和悲心。佛教徒如能助人，即应助人。若不能助人，至少也要不害人。

开始修行时，我们应以克制自己为基础，尽可能不做有害他人之坏事。这是防御性的。此后，在发展出某些资质时，我们即应以积极助人为目标。在第一阶段，有时我们需要遁世，以追求自心的发展；然而，在有了一些信心、有了一些力量之后，你必须留在社会，与社会接触，并在各界为社会服务——无论是在卫生、教育、政治或任何其他方面。

有人自称心在宗教，企图以特殊的服装、特殊的生活方式和离群索居来表示，那就错了。一段净心修心的经文说："你要转变内在的观点，不要去管外在的形象。"这是很重要的。修行大乘的唯一目的就在为他人服务，所以你不可遁世。为了服务他人、帮助他人，你必须留在社会。这是第一点。

第二点是，修行佛法时，我们必须心脑并用。在道德方面，我们修温良的心性；由于佛法与属于智慧的因明关系密切，所以理智也很重要。没有知识，没有充分利用智力，你就不可能了解佛法的深义，也就很难获得具体的或完全合格的智慧。或许有例外，但我说的是一般法则。

闻、思、修的结合是必要的。噶旦巴派的庄顿大师说："我在闻法时，也致力于思、修。我在思法时，也求多闻和从事修行。我在修行时，并不放弃闻法和思法。"他又说："我是均衡的噶旦巴"，意即他在闻、思、修三方面保持均衡发展。

闻法时，要将所闻之法融入于心，令心熟悉。学佛教不像学历史。你的心相续必须与佛教融合，心中要满是佛教。有一部显经说，修性如镜；你的身、语、意业如镜中所见之脸；借着修行，你应看出自己的过失而逐渐改掉。如口传之法中所说："如

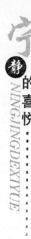

果在你自己与所修之间有容人走过的余地，那你就修行不当。修行不当，即成娱乐。一成娱乐，修行就可能变为争端。争端一多，甚至会引起战斗。这根本不是佛教的目的。"

学习修行时，我们必须把修行和自身的行为连在一起。有一个故事，说一位噶旦巴学者，也是瑜伽士，在读律时得知不宜以兽皮为坐垫。当时他正坐在熊皮上，于是他立即把熊皮抽掉。往下读时，又得知天气寒冷或人有病时可以以兽皮为坐垫，于是他又小心地把熊皮放回原处。这是真正的修行——学到做到。

如果你把佛教当做学问来研究，那根本是另一回事。你的动机只是获得某一学科的知识而已。然而，被认为是佛教徒和修行人的我们，则应当下力行所学之法。这样我们才能亲身体验佛法的真正价值。

我要讲的第三点是，开始修行时，不可期望过高。我们生活在电脑和自动化的时代，因此你可能会觉得自心的发展也是自动的，只要一按按钮就完全改观，事实不是这样的。内心的发展不易，需要时间。外在的发展，如最近的太空任务等，不是一下子就达到现今的阶段，而是经过多少世纪的努力，每一代都靠着上一代的发展成果作更进一步的发展。然而，内心的发展甚至比这还难，因为内心的发展不能代代相传。你在过去生中的经验对你今生影响极大，而你今生的经验又成为你来生发展的依据；但一个人内心的发展是无法传给另一个人的。因此，什么都要靠自己，这就需要时间了。

我遇到过这种人，他们开始修行时非常热心，但过不了几年就把修行全忘了，当初所修的一点痕迹都没留下来。这是开始时期望过高所致。寂天菩萨在其所著《入菩萨行论》中强调修忍的重要性。忍不仅是对待敌人的态度，也是牺牲的态度、坚决的态度，令你不会心灰意懒，你应以大决心修忍。这一点很重要。

以我自己为例。我出生在佛教家庭，我能用藏语学佛法，很小就皈依三宝。因此，从修行佛法的观点来看，我比你们方便多了。但就我个人的发展而言，我开始认真修行是在十多岁的时候。从此修行不断，回顾以往那些岁月，自己在两三年中的进步，可以看出，但在几周内的进步，就看不大出来了。是故，坚毅不懈的修行，至关紧要。

内心的发展要逐步地来。你可能想："今天我内心不静，精神不安"，可是你若比较一下，回想五年、十年或十五年前的情形，想想："我那时的想法如何？那时我内心有多少平安，而现在又如何？"这样一比，你即可发觉自己没有白修，确有一些进步。你应如是比较，不是跟今天的、昨天的、上一周的、上个月的，甚至不是跟去年的感觉比较，而是跟五年前的感觉比较。比后你就能知道自己内心已有何等进步。进步要靠每日修行，持久不懈，才能获得。

有些人认为佛教是来自东方的古老宗教，可能不太适合西方人、现代人；或者认为藏传佛教是藏人修行的，不太适合汉人等，我并不这样认为，一切宗教的精义无不针对人类的根本问题。只要是人类，不管是西方人还是东方人，不管是白种人、黑种人还是黄种人，只要人类还有生、老、病、死之苦，就都一样。只要有这些基本的人类之苦在，就没有佛教适不适合哪些人的问题，因为佛教的精义所讨论的即是此苦。

不过，有一个与个人性情有关的问题。有人喜欢某种食物，也有人觉得另一种更好。

同样的，对某些人来说，某种宗教更为有益，而对另一些人来说，则另一种宗教更为有益。在此情况之下，人类社会中存在多种宗教乃有其必要和用处，而现在一些西方人士和汉人，无疑有人觉得藏传佛教更适合他们的需要。

谈到佛教的本质时，没有适不适合的问题，也没有更改基本教义的必要。然而，在表面上，则可变更。我称之为分辨宗教的本质与外在的仪式。印度、中国、日本、藏地或其他地方，所信奉的佛教相同，但文化传统有异。因此，佛教在印度与印度文化结合；在汉地与汉地文化结合；在藏地与藏地文化结合；在其他地区，亦复如是。由此看来，佛教在西方也有可能与西方文化结合。

佛教的本质不变，无论到什么地方都能适合。然而，佛教表面上的某些仪式，就不一定能适合新的环境，这些仪式将会改变。至于如何在某一地区改变，我们不得而知。这是随时间而来的演变。佛法初自印度传入西藏时，没有人有权说："佛法如今已来到一个新的地方，从现在起，我们必须这样或那样去修。"当时根本无此决定，而是任由佛法逐渐演变，终于有了独特的传统。对西方人来说，可能也将是这样逐渐地终于有了与西方文化结合的佛法。无论如何，应当负起将此新观念引入有取其精义和适应本身环境的重大责任。

在这一方面，我们必须用心研究。不要走极端——过分保守不好，过分急进也不好。如佛教中观所说，我们应取中道。在各方面都守中道，是非常重要的。连每天的饮食，都要适量。吃得太多，麻烦就来；太少则又不够。所以，日常生活或整个生活方式，要持中，不可偏于一端。我们的头脑必须完全了知目前环境与文化传统——了知什么在日常生活中有价值，什么在日常生活中没有用，即便是文化传统的一部分。

以文化为例，某些过去的传统可能不适用于未来。在新环境下，社会制度和社会思想将会随之而变，文化的某些方面可能不再有用，旧有文化中的某些方面不适用于现代的日常生活，那么这些方面就应加以修正，仍有意义、仍有用处的其他方面就应予以保留。

若真对佛教有兴趣，那么最重要的就是依之而行——修行。研究佛法，然后以之为武器来批评其他理论或观念是不对的。佛教之目的就在克制自己，不在批评他人。非但不要批评他人，反而要批评自己。要自我省察：我在对治自己的怒气方面做了多少？在对治自己的贪、嗔、慢、疑方面做了多少？这些都是我们必须在日常生活中以所学得到的佛法来克制的。

身为佛教徒，我们修的虽是佛法，但也必须尊重其他信仰，如基督教、犹太教等。我们必须认清和感激它们在过去许多世纪中对人类社会的贡献，同时也必须努力与它们共同服务人类。对其他信仰采取适当的态度，是初学佛者尤应谨记于心的。

而且，佛教中也有不同的宗派，不同的修法，我们不可有此好彼坏之类的想法。门户之见和批评其他法教和宗派，是很不好的现象，非常有害，应予避免。

首要之事乃是在日常生活中实修，这样你即可渐知佛教的真正价值。佛法不是知道了就算了，而是要用以改善自心。要能做到这一点，那就必须使佛法成为我们生活中的一部分。你若把佛教的教义放在一栋建筑里，一离开那栋建筑你就不修了，那你永远也不能得其真义。

问：自己无论怎么努力，都不能被其他人完全理解怎么办呢？答曰：一个人能够做到无愧于我心，世人对他的褒与贬其实都已经不重要了。

学佛就是为了培养良好的综合习惯

　　在学佛的人中，有两种现象比较普遍，一种虽然自称是佛弟子，却每天忙于世俗应酬而没时间闻思佛法，而另一种干脆就放弃了世俗生活，放弃了世俗责任，只管自己念佛、诵经。其实，这两种方式都是不可取的。对于在家居士来说，不应将学佛和世俗生活对立起来，也不应为了学佛而放弃世俗的责任。

　　在生活中，妻子要尽到做妻子的职责；丈夫要尽到做丈夫的职责；身为父母要尽到教育子女的责任；为人儿女就要尽到孝顺老人的责任。佛教里有一部《佛说善生经》，在这部经里，佛陀非常详尽地告诉我们：作为妻子要履行哪些职责；作为丈夫又要履行哪些职责；作为父母，对儿女要履行哪些职责。这和儒家所讲的"父慈子孝"也是一致的，佛教也提倡孝道，孝顺父母的功德仅次于供养三宝的功德，如果无佛在世时，孝顺父母的功德就是最大的。假如一个人对父母都没有孝养之心，又怎么可能慈悲一切众生呢?!

　　在人际关系上，我们要本着爱心和慈悲心来与人为善，这是

173

一个佛教徒最基本的处世准则。当我们对别人产生爱心和慈悲心的时候，不仅能给他人带去温暖，更能以此克服我们生命中内在的嗔恨。关于人际关系的处理，佛陀提出了四摄法门。什么叫四摄？就是四种摄受别人的方法，如果我们依教奉行，就会获得他人的欢喜爱戴。

四摄法门中，第一就是布施。布施包括财布施，就是当别人遇到困难时，以财富和经济手段去帮助别人；还有是法布施，就是以我们掌握的生存技能或所学的佛法去帮助别人。我们学佛之后，多多少少会在佛法上得到一些体验，得到一些受用。我们自己从佛法中得到了利益，就有责任去开导、帮助别人，让周围的人也有机会接触佛法，这才是最大的布施。因为世俗的财富只能暂时帮助他人解决一些生活问题，而佛法则能帮助众生解脱烦恼，甚至解脱生死。所以，《普贤行愿品》说："诸供养中，法供养最。"也就是说，在一切供养中，能够用佛法去帮助别人，所得的功德是最大的。

第二是爱语，要我们带着爱心和慈悲心与人交流，远离两舌、恶口、妄语、绮语这四种不好的语言。两舌就是挑拨离间；恶口就是以粗暴的语言伤害他人；妄语是以假话欺骗他人；绮语就是以诲淫诲色的语言使人产生烦恼。修学佛法，要培养一种坦诚的心态。当我们说真话时，在生命中积集的就是真实的种子。而真实的种子是开发智慧的根本，如果假话说多了，我们就会越来越虚伪。所以，一方面要说真话，一方面要说有利于别人的话，如果是对他人无益的话则不必说。

第三是要利行。我们所做的每件事，都要对别人有好处、有帮助；凡是会伤害到他人利益的事情都不要做。

第四是要同事。当别人从事一些健康的事业时，我们应尽力去参与或随喜，不要因嫉妒而排斥他人。同时，要学会设身处地地为别人着想，我们因为我执的关系，总是喜欢站在自己的角度，把自己的想法强加给别人；或者站在自己的角度，要求别人顺从自己。哪怕是在一个家庭里，无论父母对子女，或者妻子对丈夫，总是一相情愿地希望对方如何如何，而不能根据对方的实际情况来相互理解。往往会有这样的现象，父母对子女的爱越深，子女的负担就越重、越痛苦，甚至有的子女被父母爱得活不下去，心灵受到极大摧残。所谓"同事"就是告诉我们，当我们帮助别人时，要知道对方需要什么，要根据对方的实际情况去帮助他，而不是想当然地将自己认为好的东西强加于他，正所谓"己所不欲，勿施于人"。

如果我们能够按四摄法门去处世的话，无论走到哪里，都会是个最受欢迎的人！学佛，就是以爱心和慈悲心给别人带去欢喜、带去信心、带去利益。当然仅仅有慈悲是不够的，还要有智慧的引导。只是一味地没有原则的慈悲，往往会带来负面的影响。

佛法具有悲和智两大内涵，所谓"悲智双运"。智慧从哪里来的呢？不是天上掉下来的，而是要通过不断的闻思经教，如理思维才能获得。佛陀是具有圆满智慧的人，三藏十二部典籍是智慧的宝藏。在我们每天念诵的"三皈依"中，就有"自皈依法，当愿众生，深入经藏，智慧如海"。能够真正把佛法学好，智慧就会像大海和虚空一样无穷无尽。

学习佛法不只是诵经、念佛，还要闻思经教。有句话叫做"有信无智，长愚痴"，就是说，盲目而缺乏智慧的信仰会使人偏执一端，越来越固执，越来越狂热！所以，信仰需要智慧来引导，也只有这样，才能提高信仰的层次，提高信仰的水准。

做为居士，选择一份正当的工作也是修行的关键。所谓正当的职业，就是八正道中的正命，它包含着两重标准。首先，是不违背法律的规范。为了维护大众的安全和利益，国家制定了法律，如果我们连国家的法律都不能遵守、连一个良好的公民都做不到，那么离佛教徒的标准就差得更远了。因为佛教徒还要遵守更高的道德准则，必须遵守至少五条戒律，即不杀生、不偷盗、不邪淫、不妄语、不饮酒。只有符合法律和戒律的双重标准的职业才是如法的。

为什么要以戒律来约束我们的行为呢？除了对行为的约束外，戒律还有什么更重要的意义呢？在我们的人性中，贪、嗔、痴是危害我们生命的三种毒素，当它们发作时，肉体就被支配着造作杀、盗、淫、妄的恶业。这些行为，一方面会纵容我们的烦恼，张扬我们人性中邪恶的力量，伤害我们的心灵健康；另一方面，更会侵犯到他人的利益。我们杀生，一定有被杀的对象；我们偷盗，一定有被盗的对象；我们邪淫，一定有被邪淫的对象；我们妄语，一定有被欺骗的对象。同时，造恶所带来的果报还会影响到我们未来的生命，杀生会导致短命和多病的果报，因为杀生使动物们不能终其天年；妄语则会使我们被人欺骗或不能取信于人；盗窃和邪淫也是同样，只要是我们自己种下的恶因，最后也一定由我们自己来品尝它所结出的苦果。

守持戒律，主要是帮助我们克服贪嗔痴的烦恼习气，帮助我们制止不善的行为。当我们在选择职业时，要知道职业仅仅能够保障暂时的生存。我们在这个世间只有几十年的光阴，如果看不到生命的未来，就可能急功近利，一切从眼前利益出发。作为一个佛教徒来说，要为更长远的生命着想，眼前的几十年毕竟是短暂的，而未来的生命却是无限的，如果为了暂时的利益而殃及未来，岂非舍本逐末？

　　如何才能保障我们未来的幸福呢？要严格地按照戒律的规范来生活。健康的、正命的生活，本身就是一种非常好的修行。我们做的很多事情，看起来似乎和修行无关。但如果我们将佛法的智慧落实在生活中，以佛法的观念来指导我们的言行，那么，行住坐卧中一样可以修行。平常人吃饭不能好好地吃，睡觉也不能好好地睡，在家庭中不能好好地和睦相处，在社会上不能好好地待人处世……

　　我们吃饭时要检查自己的心态：是带着贪心在吃？还是带着嗔恨心在吃？吃饭最原始的目的只是生存，是为了我们的色身得以维持。但很多人吃饭早已超过这个界限，有时为了贪图口腹之欲而大造杀业；有时为了虚荣和面子而一掷千金。所以说，如果我们不能以平常心来吃饭，遇到好吃的饭菜就会起贪心；反之，则会起嗔恨心；为了吃给别人看，那又是虚荣心和我慢心在作怪；看到别人吃得好，自己吃得不好，心里不平衡，还会产生嫉妒心。我们看，不好好吃饭，就会带来这么多的贪嗔痴烦恼。

　　为了维持色身的基本生存，还要注意相应的营养，营养不必太多，但也不要不够。因为我们的身体也是缘起法，它需要依靠

177

物质条件才能得以维持。暴饮暴食固然不对，忍饥挨饿地自苦其身同样是不足取的。我们应奉行中道的原则，远离纵欲和苦行两个极端。所以说，吃饭本身就是一种很好的修行，就蕴含着智慧。

如何才能使我们的心保有清净的状态呢？我们可以通过念佛把心安顿在佛号上，无论是走路还是干活，都让这一声佛号念念相续。如果妄想太多，心就会变得复杂，烦恼也随之增多。如果能够天天念佛、时时念佛，心就会越来越单纯，心理负担就会越来越少。一个人为什么开心不起来？就是因为心事太多，心被很多事物和执着压迫着。当我们心事重重时，想快乐也快乐不起来，反之，如果我们的心没有任何负担，就能体会到放松的自在。

所以，我们要学会观照自己的心念。我们手持念珠念佛有什么必要呢？一串念珠又能起到什么作用呢？它就是帮助我们来看好自己的念头的！我们时刻都要反省一下，看看现在在想什么？看看自己想的这些念头是什么？我们要看住自己的念头，无论是好念头还是坏念头出现时，心中都要了了分明。尤其是我们起贪心、嗔恨心的时候，不要盲目地跟着它跑。一个没有学佛的人，贪心现前的时候就拼命地贪；嗔恨心现前的时候就拼命地嗔；爱的时候爱得死去活来；恨的时候又恨得不共戴天！这些烦恼的心理成了主宰我们生命的主人。而念佛就是要培养我们的正念，使我们把握好自己的心念，把握好自己的现在和未来，而不是让那些五欲尘劳的烦恼来左右我们的身心，使我们的心始终保有清净的觉照。

总而言之，修行就是良好习惯的养成。所以，在我们的生活中，在我们的行住坐卧中，都包含着修行。学佛就是要从我们的一言一行做起，从生活的方方面面做起，只要我们拥有健康而充满智慧的生活，那就是最好的修行！

　　人的觉醒来自于平静的心境，去经验事物，而不是固持根深蒂固的思想和概念。无畏地训练你的心，平静地觉醒，要心无杂念。

可以随便出家吗

　　最近有些居士修习了一段时间的佛法后就生起了些相似的出离心，想出家修法，纷纷向我咨询起出家的事来。"出家"当然是件好事，将来度化如虚空般无边无际的如母有情是多么有意义的事情啊！

　　出家，就个人而言，只是斩断世俗情爱葛藤寻求圣证境界的一种生活方式；就社会而言，则是多一些没有家庭牵累而可全心全意奉献社会的义工。可能有些朋友不会赞同我的观点，但是在普世宗教社会中，一直都有这类修道人组成的团体，并不独佛教为然。这种志在隐修或献身社会的僧侣，在西方是受到尊敬和赞叹的。西方社会的思想主张尊重个人的生活方式，不会强人从己，而且他们也以较具深度与广度的视野，看到了僧侣对社会有形无形的良好影响。所以才有了圣方济、圣多玛斯、圣女德兰、德勒莎等不朽的宗教人物。这些独身以终的修士修女成为了人类崇高道德的象征。这种燃烧自己、照亮别人的人生之路，原本是一种伟大的选择，可是在重视家族伦理的儒家文化社会中，"出家"这种对自己、对众生做究竟利益的人生选择，却与"遁世"、"失恋"或"武林高手"、"江洋大盗"之类结下了不解之缘甚至画上等号，这不但是佛教的不幸，也可以说是社会的损失！

在这个五毒炽盛的末法时代，如果真的有福报能够出家远离纷纷扰扰的世俗，远离烦恼的对境，依止一个清净的静处，那么修法的顺缘无疑会增上不少。宗喀巴大师在《菩提道次第广论》中说："其居家者，富则守护劬劳为苦，贫则追求众苦艰辛，于无安乐愚执为乐，应当了知是恶业果。"就是说在家之人无论贫富都在为原本虚幻的安乐苦苦追求、饱尝艰辛，往昔所造恶业之果甚苦矣！正如前辈上师们所比喻的：耽著虚幻安乐地在家生活，就像猪狗喜欢粪便一般，在恶业相对清静的人类来看，真是愚蠢至极、可怜至极！《本生论》云："于同牢狱家，永莫思为乐。或富或贫乏，居家为大病。一因守烦恼，二追求艰辛，或富或贫乏，悉皆无安乐。于此愚欢喜，即恶果成熟。"也是在说明如果对实质为苦并无安乐的居家生活欢喜耽执，正是恶业果报成熟之相。所以"家多猛苦依，如窟谁能住？"智慧的人自然舍家入空门。

清净的环境对修法有着非常重要的意义，无著菩萨在《佛子行》中就告诫过我们："离恶境故惑渐轻，无散乱故善自增；静心于法生定解，居于静处佛子行。"只有依止静处、远离让人散乱的外境才能增进善业，最终成就道业。另外，《文殊请问经》云："佛告文殊师利：一切诸功德，不与出家心等。何以故？住家者无量过患故，出家者无量功德故。住家有障碍，出家者无障

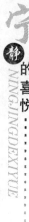

碍；住家者行诸恶法，出家者离诸恶法；住家者是尘垢处，出家者除尘垢处；住家者溺欲淤泥，出家者出欲淤泥；住家者随愚人法，出家者远愚人法；住家者是结缚处，出家者是解脱处；住家者是下贱处，出家者是高胜处；住家者为烦恼所烧，出家者灭烦恼火；住家者以苦为乐，出家者出离为乐；住家者成就小法，出家者成就大法；住家者魔王爱念，出家者令魔恐怖；住家者是黑暗处，出家者是光明处；住家者随流生死，出家者逆流生死。文殊师利，若我毁訾住家，赞叹出家，言满虚空，说犹无尽。此谓住家过患，出家功德。"佛经中都这么明确地告诉我们出家的功德和在家的过患，那么应该何去何从不是很明确的事吗？

但是很多人家中上有老下有小，想出家也并不是那么容易的事。从社会的角度讲，每个人都肩负着各种各样的社会角色和责任，为人子女，为人夫妇，为人父母，为人主属等多重的角色和身份，让人们不得不承担起多种责任。从世俗的角度看，抛弃亲人出家似乎是一种不负责任的表现，但是如果真正生起了出离心和菩提心，发愿为了度化一切如母有情，能够最终解脱生死苦海而出家修道的话，则与世俗的责任之间也并不矛盾。佛教认为行持五戒十善、以道化亲，才是真正的孝。人们也显而易见道与俗相反，道人所好的正是俗人所厌离的，而俗人所珍爱的正是修道之人所舍弃的。智与愚的差别就好像昼与夜的对比一样。我们往往认为儿女尽心尽力地赡养父母就是真正的孝顺，但是这照顾也只是暂时的，谁也不能保证自己能够一辈子守在父母的身边，"床头百天无孝子"、"娶了媳妇忘了娘"的俗语不就是很好的例证吗？更不用说生生世世照顾他们了。世间的许多事情和佛法恰恰是颠倒的，其他方面不说，单单说为了给父母保养身体而用各种动物的血肉做成上等的滋补品"孝顺"父母就已经是大不孝了！为父母而杀生的罪业最终也都会成熟在父母的身上，杀业越多罪业越重！生时虽大饱口福，死后却备尝难忍之苦！而将父母推向地狱痛苦深渊的不正是这些"孝顺"的儿女们吗？佛家讲六道轮回，如果为一切父母的解脱而出家修习佛道，父母会因此得到很大的利益，那才是生生世世的利益——自己修行证悟再回头来度父母，使他们也走上解脱大道，最终救度他们永出六道轮回之苦不是更好地报答他们吗？

再说佛陀本人（悉达多太子），也是虽未得父母准许但仍毅然舍弃王位而逾城出家的。他成道后并没有弃舍父母妻子，反而度化了父母妻子。佛陀的姨母大爱道与妻子耶输陀罗不仅最终接受了佛陀出家的事实，甚至也随佛出家，而且还建立了比丘尼僧团。大爱道和耶输陀罗最终成就了阿罗汉的果位，永远脱离了六道轮回的痛苦。试想如果当时悉达多太子一定要父母允准才得出家的话，那么人类的历史上将不会诞生"佛教"这样一个伟大的宗教，因为作为肩负着承继一国臣民幸福使命的太子，净饭王是根本不会允许他出家的！

对于出家的价值，佛陀自有其清晰的观点，但是声称"我不与世间诤"的佛陀，还是以慈悯众生的胸怀，体恤含辛茹苦抚养子女的父母，体谅在情爱牵缠中无法自拔的凡夫俗子，所以其后在僧团之中立下规制：凡欲出家者（并不限于未成年者，已成年者亦不例外），必须获得父母的同意；凡已婚而欲出家者，则必须获得配偶的同意。这对父母、配偶来说显然是深富悲悯与同

情，对欲出家的当事人来说又何尝不是一种智慧、悲心与耐力的考验？

有些人现在出家暂时看是对父母妻儿等的不负责任，但从长远乃至究竟的利益来讲，对他们来说则是莫大的利益，延伸在我们脚下的不正是当年佛陀走过的路吗？

真正的修行人如果对解脱道有坚定的信心，何去何从会做出明确的选择。但是即便如此佛教也并不因为出家具有正面价值，就主张滥剃。相反，它有许多规制在约束滥剃的行为。比如：就算父母配偶都已同意，道场的主事者也不宜立刻为人剃度，而应请其先以居士身学出家法一段时日，要观察几个月甚至一年，观察她或他的道心、习性、行为，看是否适合出家。待到一时的冲动或新鲜感抑或不切实际的朦胧美感都业已消退，当事人如果依然不改初衷，到那时方才行剃。初发心容易，长远心难持，出家并不只是这个色身离开了家庭去到寺院里面。心里面还惦记着家里的人和事，这不是真正的出家人，不过是一个地道的"假和尚"而已。真正的出家是心的"出家"，真正的和尚是生起了厌离世间的出离心和救拔苦难的菩提心的出家人。佛法需要的是看破、放下、自在随缘，心放不下对红尘的执着不是真出家。真正出了家以后还要研修浩如烟海的佛法，而不是在寺院里面浑浑噩噩、茫然度日只为混口饭吃。

现在很多人都认为有些人是因为受到打击和挫折，不能面对世间的困境才遁入空门而出家的；有些人则是在世间失意不得志混不下去了才去出家的，这是对真正的出家人不了解而导致的极为错误的认识。过去在西藏，或一些佛法兴盛的国家里，都是把家里最好的、最聪明的、最有智慧的孩子送去出家，并不是像现代人认为的那样。出了家后不能总关心一些世间琐碎的事情，当然出家了也并不是什么也不管、什么也不想，你的六亲眷属和冤亲债主也是你将来必须要度化的众生，对他们是要生起菩提心的。出家是说不能在心里面纠缠在人我是非和一些世俗的情感里面，而不是形象上是出家人而心却一如既往耽著尘世，这个关系一定要摆正，要很清楚。

出家毕竟是一辈子的事，不是三两天尝鲜，出了家受了戒就是已经对佛陀、对阿奢黎许下了承诺，要说了算数的。这种淡泊世欲、坚贞自守的情操，不是人人可以企及的。虽说佛门宽广，但由于凡夫时刻被外境所牵的分别念，还俗也是很容易的事。如果一念冲上心头说剃就剃，以后又因不适应而言退，对当事人来说就成了一种痛苦的心灵煎熬了！出了家还俗就有失戒的过失，当然是非常严重的！《毗奈耶经》中云："失戒不得微妙法，已得迅速而忘失，地道证悟皆不生。"《杂阿含经》与《四分律》中也都指出了破戒的过患，如《四分律》说："破戒有五过：一自害——毁戒之人，身口意业，悉皆不净，常受贫穷，善神远离。二为智者所呵——毁戒之人，诸善比丘悉皆呵责，而常畏避，如恶死尸。三恶名流布——毁戒之人，三业不净，与不善人共住，善人不喜见，不善之名闻于远近。四临终生悔——毁戒之人，老死临期，恶境现前，追悔莫及。五死堕恶道——毁戒之人，既舍梵行，全无善因，福尽苦至，即堕恶道。"密续中云："破了三昧耶戒的人，金刚罗众为痛饮其心血，短寿多病失财畏怨仇，长久住于无间地狱中，极其恐怖感受难忍苦。"如此一来，

求出解脱又在何期呢？真是可怕至极啊！

　　但是以在家人的身份修行也不是不可行的，在藏地以居士的身份修法证悟的也不乏其人。如果大家都把头发剃了专心修法的话也是不可能的，即使在全民信教的西藏也没有全民剃度啊！没有机缘出家的话，好好地做个在家居士修习佛法也是可以的嘛！

　　从社会角度来讲，构建和谐社会，出家人对众生的教化，使人心向善，使社会和谐安宁，这是有目共睹的事实。虽然目前也有报道说有些人打着佛法的旗号，打着出家人的幌子，做一些扰乱社会的非法之事，但这并不能代表全部的出家人。少数人的不法行为把大多数人的名誉给毁坏了。正如一袋土豆中有一两个坏的，也可能把一袋子土豆都染上；一滴已发酵的酸奶会使整锅牛奶变了味道一样。我们作为修行者，出家人也好，在家居士也罢，对一切事情都要有一个清晰明了的醒觉，既不要被一些表面上的东西所迷惑，也不要被一时的冲动所左右，凡事皆要三思而后行。路漫漫其修远，诸位自当明心而行事！

有利有弊的互联网

互联网可以说是我们这个时代最壮观的发明之一，网络对于个人的学习和交流，有着极大的方便与无可替代的好处。

自从接触网络，能够与大家用中文聊天，进而在网络上信手涂鸦写一些被大家称为开示的文章之后，很多朋友给予我极大的关注与支持，很多的人表示很喜欢我的文章，看了我写的东西对他们有很大的启发和帮助，我感到非常开心。最初想写点儿东西的出发点是看到很多高僧大德和一些善知识在网络上传播佛法，我自己也很想循着前人的足迹，尽自己的绵薄之力写些文章，期望对大家修学佛法有些助益。

朋友的关注与期望同样也给我带来了压力，所以我也是每天尽量上网写点东西奉献给大家。如此一来，便有朋友时常上网想看看我有没有什么新的感言和文章，间或浏览一些佛教网站，进而想多了解和学习一些佛法的知识，这很好，本也无可厚非。然则有些佛友上网的初衷虽是想看我的文章或看经典，怎奈在没有什么更新的文章或浏览之余，佛教经典著作的文字比起浅薄的世俗快

餐文章感觉艰深和干涩的时候，很多人便忘了初衷，一入网络即浮躁无持，点击游走于世俗的网页而无法自拔……

世俗的网页多以或新奇或耸人听闻的噱头和题目来吸引人眼球，以无聊为时尚，内容泡沫重重，真假莫辨。面对网络越来越嚣张猖狂的邪淫图片、文章和视频，有些人真的每次都能把持住我们的鼠标和眼球吗？很多论坛上或者社区里看似很义正词严的，关于某个社会问题或者近期新闻的辩论也无非是就着贪、嗔、痴、慢、疑，要辩出个我是人非来，而即使辩出个我是人非来了，仍然于事、于心、于修行皆无裨益，徒然增加纠葛而已，吸去人无数的时间和精力。

我们学佛的人，若一不留神也给陷进这些尘劳烦恼、梦幻空花里去了，而把正思维、修行、断无明、了生死的大事给延误荒废乃至抛于脑后，那才叫人扼腕叹息呢！所以期望大家上网要有节制，应该深刻认识到网络的双面性，把握住自己，多看与自己学习有关的内容和知识，这样会有好处，一些无聊的东西还是少看为佳，无意义的操作还是少做为妙。

但我也不是说我们学佛的人就要与网络绝缘，不接触网络，我们不能因噎废食，我只是想告诉大家我们真正要做到的是一切都要把握住分寸和尺度，不着两边而行持中道。

上师教诲

　　尽法界的无量众生，甚至连最微小的昆虫也不例外，都唯求快乐，不愿受苦。但是，他们并不知道，只有善行才能带来快乐，而恶行将导致痛苦。因此，他们在不知不觉中远离了快乐，而陷入痛苦。

　　希望快乐却不愿抛弃恶行，如同将手伸入火中而希望不被灼伤一样愚蠢。当然，没有人真的愿意受苦、生病、受伤挨饿。但是，只要我们继续作恶，痛苦便永远不会停止。同样，除非通过善行、善语和善念，否则我们将永远不能获得快乐与幸福。善行需要去培养，它买不来也偷不走，没有人会偶然幸运地得到它。

　　我们的一切行为可分为身、语、意三个方面。其中，身和语本身并不能主动活动，只有心才能决定我们所做与所说的一切。如果我们任心放逸，将导致越来越多的恶行。这就是数生以来使我们陷入轮回的原因。

　　无始劫来的每一生中，我们一定有过父母。事实上，我们已转生无数次。每个众生一定曾一次或多次做过我们的父母。当我

们想到曾经是自己父母的众生如同盲人迷路一般无始以来沦落于轮回之中茫然无助，广大的悲心就会油然而生。然而，仅有悲心还不够，他们需要真正的帮助。但是，在无明束缚下的我们，仅能给予他们食物、衣服、金钱或单纯的爱，要想带他们到解脱之路，只有通过专注于佛法的修行才能实现。

因此，在你接受这些珍贵的教法之前，首先要培养正确的动机。研修佛法的目的不是只为了自己，更主要的是为一切众生脱离轮回之苦海，走向彻底的觉悟——这即是广大、圆满的菩提心。

菩提心的第一个方面是对一切众生平等的悲心，没有敌友之分。由于内心时常充满悲心，我们便会努力去做每一件善行，甚至是供养一盏灯或持诵某一密咒。带着这种利生之愿而不求任何回报。

然而，光有悲心并不能真正帮助一切众生。下面这个故事常被引用来说明此意。一位双臂麻痹的母亲无奈地看着她的孩子被河水冲走。虽然她有着极大的悲心，但这并不能解救那将要淹死的孩子。为了救度痛苦中的众生，使之走向觉悟，无论需要做什么，我们都应尽力而为。应该知道，我们有幸生于如来应化的世界，能遇到上师并接受其指导，这是多么的难得！

现在是我们利用宝贵的人生去获取解脱的时候了。

人们常说："人生既可以把你引向觉悟，也可以把你引入地狱。"依靠内心的动机与目标，我们可以成为圣者并获得觉悟；同样，依靠内心的动机与目标，我们也可以成为十恶不赦的恶魔，死时直堕地狱。佛法能帮助我们区分这两者，清楚地显示何者应争取，何者应遮止。

现在，我们还没有能力去有效地帮助他人，但是，如果我们所做的一切都是出于解除众生痛苦这一动机，那么这始终如一的愿望终将实现。如同灌渠将水输送到所需的地方一样，动机是引导行为的力量。动机决定着一切。如果希望一生长寿、一帆风顺，我们最多也只能获得这一切；但如果渴望拯救轮回中的一切众生，我们终将实现这最崇高的目标。因此，重要的是我们不要把愿望放在那些并无真实意义的目标上。

曾经有一位母亲和年幼的孩子乘坐一只小船要渡过汹涌的河流。船刚行至半途，河水突然变得异常凶猛，小船就要翻入河中。意识到这即将来临的灾难，这位母亲心想："愿我的孩子得救。"与此同时，孩子也在想："愿我的母亲得救。"虽然船沉下去，淹没了两人，但是以他们纯洁愿望的力量使母子二人觉悟，瞬间即往生到神圣的佛土。

菩提心的第二个方面——智慧，即是为利益众生证悟空性。菩提心的这两个方面——大悲之方便与空性之智慧密不可分。它们如同鸟之双翼，对飞行来说缺一不可。仅通过悲心，或仅通过对空性的证悟，都无法获得圆满的觉悟。

出于世俗目的所做的善行毫无疑问也将带来一些快乐，但这只是暂时的。这种快乐很快便会消失，我们将继续孤独无援地流落于轮回之中。但是，如果将所做、所说与所想以菩提心摄持，这样的所感之果，不同于那些出于世俗动机的善行，它永远不会被嗔心或其他烦恼所摧毁。因此，无论我们做什么，心最为重要。正因如此，佛法所关注的焦点是完善我们的心灵。心是国

王，身体与语言是仆人，它们必须听从心之召唤。产生信仰的是心，产生怀疑的也是心；产生爱的是心，产生恨的同样是心。

所以，要将目光转向内心并检查自己的动机，动机决定着所作所为是善还是恶。心如同一块透明的水晶，无论将其放在何种颜色的布上，水晶都会呈现出相应布的颜色——在黄布上呈现黄色，在蓝布上呈现蓝色等。同样，动机将你的心染上各种颜色，而心又决定各种行为的性质，无论这些行为以怎样的面目出现。心的本性既不遥远，也非不可知，它总是直接呈现在我们面前。然而，如果对它进行观察时，便会发现非红非黄，非蓝非白亦非绿；它非方非圆，亦不像鸟、猴子或其他事物那样有一定的形状。心仅仅能思考、想象、判断、记忆。如果当下心地善良，你便调服了自心；反之，你还未能驾驭它。"佛是彻底的觉者，观世音菩萨是大悲的化现，而像我这样的普通人又怎能帮助他人呢？"不要气馁，随着你发心的不断广大，助人的能力也将逐渐扩展。也许你现在还没有观世音菩萨那样的能力，但修习佛法就是对利生能力的培养。如果保持恒常不变的利生之愿，这种能力将自动生起，如同水自上而下流淌一样自然。

一切障碍均来自于不为他人着想的心念。无论正在做什么，时常用内心这面镜子审视、检查自己做事的动机是为自己还是为他人。这样，你将逐渐培养出在任何情况下都能把握自心的能力。踏着以往成就上师们的足迹，你也将在这一生获得觉悟。一颗善良之心如同耀眼的黄金福地，金光照亮了整个天空。但是，如果你的身、语、意没有被调服，你将无法获得觉悟。时刻观照你的所思、所言与所行。如果方向错误，你对佛法的研习与修行将没有任何意义。

　　轮回是无始以来因烦恼而产生痛苦的众生所处的状态。涅槃则是对一切痛苦的超越，换句话说即是觉悟。如果我们的心受恶念摆布，则必将陷入轮回。现在我们面临着选择。我们幸运地拥有人身，所生世界曾有佛出世而且佛法还在流传。我们遇到了将佛法传给自己的上师，接受了他的指导，并具有健全的身体和心智去依法修行。因此，现在应该是做出决定的时候了：我们是为一切众生获得无上觉悟而攀登解脱的高峰，还是深深地陷入难以逃脱的轮回迷宫？

上师至上

班智达那洛巴是一位成就者，他活跃在一千年前的北印度，有段时间，他是当时最主要的那烂陀大学的校长（或曰住持）。

玛尔巴译师是那洛巴的主要西藏弟子。玛尔巴曾三次长途旅行到印度去，以得到修行由密续专家所传授的金刚乘法教。他将大手印的传承与教法带回西藏，成为米拉日巴的上师，且是噶举传承之父。

有一天，那洛巴想考验一下弟子玛尔巴。他使天空中浮现出一个多臂寂静本尊喜金刚的形象，周围围绕着八大眷属，然后问弟子："心子，你是先向我——你的上师顶礼，还是先顶礼本尊呢？"玛尔巴想："我每天见到上师并接受他的法教，可是今天，我能如此殊胜地亲眼见到本尊，因此，本尊比较重要。"于是回答说："我向尊贵的本尊顶礼致敬。"

可是他话音未落，那奇妙庄严的形象突然消失，融入那洛巴心中。然后，那洛巴上师对弟子说了一个颂言：

"法子，如果没有上师，人怎么能听闻佛法？

更不用提观修本尊，

因此，谁优先？上师或本尊？

明显地，虔敬上师是个人发展的关键。

所有本尊仅是上师的化现，

莫为幻化伪相欺蒙！"

玛尔巴大为惭愧，从此，他尊敬他的上师胜过所有其他的形式和偶像。经过修持上师相应法，他将个人的心与上师智慧的心相结合，建立了噶举派虔敬的传承。

通常我们说一个人的精神导师甚至比佛还要慈悲，因为上师视提携弟子走向解脱与开悟之道为他个人的责任。密续有言："在接受一个人作为你的精神导师之前，你必须审慎地考虑，因为从此以后，上师的话语就是法。"

玛尔巴大师当时的选择可以说是个错误吧，因为没有上师的指引没办法步入解脱成佛的道路，没有上师就没有佛，上师是三世一切诸佛，包括我等大师释迦牟尼佛也是曾依止过很多的上师，才得到圆满正等正觉的果位。

一切显现都是上师的幻化，本尊、空行、护法等都是上师所化现。上师有外相上师、内相上师和密相上师，我们开始修上师瑜伽时是通过观修外在上师色身来了解启悟内相上师及密相上师。上师究竟的含义与我们在大圆满中提到的光明如来藏是一个意思，只不过名词不同而已。

你问我你对上师有特殊的执着，其实这是不对的，不同的众生虽有差异但如来藏是相同的，你能了知一个如来藏也即了知所有如来藏，所以你在修上师瑜伽的时候，依止一位上师观修上师

瑜伽也就等于修了所有上师的瑜伽，必须要树立这种普通的信心修法才会广大。

《普贤上师言教》中讲要观师如佛，如果你能对上师有与佛无二无别的信心，观修时可以直接观想上师的形象；如果没有这么大的信心，则可以观想坛城的主尊形象修上师瑜伽。

无论修本尊还是上师瑜伽，还是修空性法门，修法一定要学会圆融，否则你犯的戒律会少不了，修圆融不光是教派和教派，上师和僧众都同样要圆融的。

我用记忆串起/岁月在生命中留下的痕迹/把它穿成一串晶莹的念珠/当我累了/当我在暗夜里哭泣/我会把它紧握/在指尖/在胸前/我用最虔诚的心念/最慈悲的咒语/把每一颗念珠都刻满/我对佛陀最深情的呼唤/最慈爱的目光看/转佛珠是为了走向光明/远离黑暗的每天/不是等不了明天而是为了当下

师徒如何相处

随着当代世界经济的飞速发展，人们的生活水平也越来越高，物质世界的不断充盈，让盲目追求物欲的世俗缺少了很多精神方面的补充。正因为如此，人们在物质需求不断满足的同时也逐渐感觉到精神上的空虚。但是今天，盲目的人类将精神寄托在追求享受生活或者无聊的消遣上，在这个物欲横流的世俗"享受"着靡靡的人生。幸亏佛陀当年给我们传下了佛法，也只有佛法才是人们应该补充的精神食粮，因为只有佛法才能引导人们究竟脱离真正的苦难。

莲花生大士曾经授记：当铁鸟飞入汉地的时候，密法也会在汉地发扬光大。看来现在正是莲花生大士的授记中所指的时代，也是汉地的人们对藏传佛教特别热衷的时候。俗语说"魔高一尺，道高一丈"，虽然现在有许多打着佛教的旗号冒充佛教徒的江湖骗子，但是亦有许多如理如法具备法相的善知识指导人们修习佛法。随着这些上师入汉地传法度化众生，上师与弟子之间的师徒关系日益出现一些很常见的问题，我在这里讲有关上师的话

题的时候也许会有一些过错，但是无论如何还是要说的，我们不能一切都以世俗的眼光观察上师。我认为现在汉地的居士对上师的热爱有点过度。具体可以表现在以下几个方面：

一，有些人皈依一位上师，然后将上师"请"在自己的家中"据为己有"。不许别人供养，只许他一个人供养，自己家里有什么事情，马上请上师念经加持，上师成了他的私家守护神。除了家人和关系比较好的朋友外，不愿接待其他想亲近上师的弟子。如果其他弟子得知消息想过来拜见，也往往以"上师很忙"、"需要休息"等理由拒绝。如果有的人直接登门拜访，虽不好直接拒绝，但也是冷嘲热讽，百般刁难。尤其自己不喜欢的人更是坚决不许联系。就连上师用电话等跟其他弟子联系也要管一管。这些人表面上看似恭敬上师，其实是把上师作为自己的私有财产霸占，因其心量过于狭小，而且是自私自利的发心，即使供养承待上师也无法得到上师的加持和法益。而且其做法也阻碍其他人接近善知识，应该说是有罪过的。

二，有些人不仅将上师"据为己有"，更有甚者以情执心依止上师，觉得上师威仪出众，就心生贪恋，把上师当成"白马王子"或者精神偶像来崇拜，甚至像丈夫一样看待，这样罪过很大。上师不是某一个人的上师，上师是为了渡化一切众生而来的。贡唐仓大师曾讲过，一位活佛是为了弘扬佛法和救度众生而转世再来的修行人，他不是为了你一个人来的，而是为了所有的众生而来的。如果说上师是太阳的话，他的光芒会普照整个世界，而不可能只照亮一个小小的村落，如果只有你的村落有阳光的话，那么整个世界岂不成了一个可怕的黑暗世界了。

三，有些人在供养上师的时候不是以清净的念头恭敬供养，而是为了和别的道友攀比，今天看人家供养了一盆草，明天他就端一盆花；过两天看人家供养了一台车，他就要想方设法供养一套房子，以显示自己对上师的"虔诚"，而且欲凭此使上师对自己有些特殊的对待，如认为自己是最好的、最亲近的弟子等。以这种不清净的心供养，即使再多也是没有什么功德可言，毕竟道友不是你的竞争对手。自己没有任何吝啬心，没有任何世间八法的心，供养之后没有后悔心，而是发无上的菩提心的话，这样供养才如理如法，才会有很大的功德，犹如一滴水融入上师的功德大海，大海的功德不尽，此功德亦不尽。

在《贤愚经》卷三《贫女难陀品》中曾记载了这样一个公案：佛祖在舍卫国祇树给孤独园时，国中有一个女人，名叫难陀。她生活贫穷，孤身一人，依靠流浪乞食为生。她也想给佛陀和众僧做点微薄的供养，于是每日不停地乞讨，终于得到了一枚金钱，便拿着这唯一的一枚金钱买油，将所得之油盛足一盏灯。于是拿着油灯，来到祇园精舍供养佛祖。她把油灯放在佛祖面前的众灯之中，自立于佛前，发愿："如今我贫穷困苦，只能用此小灯供养佛祖，乞愿以此功德，让我来世得到智慧和光明，灭除一切众生的愚昧黑暗。"难陀发愿之后，便向佛祖致礼而去。过了整整一夜，所有供灯全部熄灭，唯有难陀供献的这盏油灯仍然独自明亮。当时正好轮到目犍连尊者值班，天亮后尊者便去收拾灯盏供具。看到唯有这盏油灯依然在发光，灯油灯芯都无减损，就如新点燃的一样。心想：白日点灯，没有大用。便举手扇灭此灯，可这灯火焰如故，一动不动。目犍连尊者见灯不灭，又用衣

服去扇灭油灯，油灯还是照样不灭。佛祖看到目犍连要扇灭此灯，就对目犍连尊者说："如今这盏油灯，不是你们声闻弟子的神通力所能熄灭的。就是你用四大海水浇灌它，让巨大的山风吹卷它，也难以把它熄灭。这是什么缘故呢？是因为它是一个发下宏愿、广济众生的人所供的油灯。"

佛陀也曾告诫弟子，做善法不如法，善法成下恶趣因。如果供养上师的发心不纯净，而以追求世间八法为目的，即使表面上看是善法，也可能因为你的动机不纯而收获恶果的。

四，有些人把上师接来后，充分发挥"办公室主任"角色，招集所有认识的信众，劝人做烟供、火供、招财等佛事，安排上师日程，今天这家、明天那家，经常组织这样的活动，结束之后就会说"师父累了，供养供养啊"，有些人供养的少了，他就不高兴，说些难听的话，"这一世你已经这么穷了，还不多供养些，下一世会更穷的。上师活佛是福田，供养越多福报越大"等。这样做很不好，如果对佛法有信心的人自己会懂得供养、积累资粮的，但是对于不懂的人可能对他会有一些不良的影响，世间有些人对金钱的执着就像是"鼻孔中拔毛一般"，一涉及钱财就会很敏感，这些事情要随缘而做的。

五，我曾认识的一位居士自己开佛店，请我去她佛店里面"坐堂"，给来的人占卜算卦，看与哪尊佛像有缘就敦促来人请这尊佛像，来人请了佛像以后，在那里现场给开光加持，承诺一尊佛像给提成多少钱，我不但没同意而且教训了她，后来她不再与我联系。她那家佛店听说有人去了，一天给30—50元钱呢。自己的吃喝一切都是出佛身血得来的，还去教唆别人，真是罪过罪过！

六，更有甚者，有一位上师所摄受的汉族弟子不和合，分成了两个小团体。一次当这位上师抵达这个城市的时候，这两个小团体都分别去迎接上师，上师上了一个团体的车，另一部分人就不高兴了。最后竟然以子虚乌有的罪名将自己的上师和金刚道友一起举报给了＊＊＊局。起初皈依上师的时候口口声声说自己愿将身口意都供养给上师，但是最后呢？不但没见他身口意给上师的任何供养，反而将自己的上师"供养"给＊＊＊局了！把自己已经供养给上师的你的身口意收回的话，从小乘的戒律讲那可是犯了盗窃罪的！从大乘的戒律方面讲，如果你在这位上师面前曾经接受过密法的传承和灌顶就更严重了！

七，很多人根本不了解誓言，来了一位上师就跑去求传承求灌顶，也不管对方是不是具备德行和法相的上师，这样无意中就受了很多的戒律。如果懂得这些戒律，上师具备灌顶的法相，弟子也是接受灌顶的法器，还有灌顶所要具备的坛城、法器、宝瓶、法物等条件具足，而且又如理如法地接受了灌顶，那是非常殊胜的，值得赞叹、随喜、合掌！如果自己都没有搞清楚这些戒律，一旦犯戒的话罪过非常大，就好比在灌顶的现场带着一身炸弹回来了，比这还要严重，那当然了，炸弹爆炸的只不过是你这一世的肉体，犯戒的后果会让你在地狱中多少劫都感受痛苦呢！即使转生为人，因为等流果生生世世也还是会犯戒的。

八，还有很多人自认为我是格鲁派、萨迦派、宁玛派或者显宗、密宗、净土宗等，除自己所修习的法门以外其他的法门都不接受，把其他宗派的法当成外道一样去诋毁。释迦牟尼佛传了八

万四千法门，你自己只不过修学了一个有缘的法门而已。这也是可以的，佛法是允许的，但你不能诽谤其他法门，这是在给自己造口业。佛法是圆融的，诽谤其他法门的人无疑是佛教的法盲，根本就没有搞清楚佛法的传承及各流派之间的渊源。

我曾经接触过这么一位居士，他也是一位对他修学的宗派非常虔诚的佛教徒。一天他从别人那里听说来了一位法师就跑来看我，当他一见到我时非常诧异，他惊诧地问我："你是学密宗的啊？！"我说："是啊。"他吓得说："那我得赶快走了！"我就纳闷了：密法怎么了？有这么吓人吗？是定时炸弹啊？

我们佛弟子最基本的戒律就是皈依戒，皈依佛、皈依法、皈依僧。皈依佛皈依的是十方三世一切诸佛而不是哪一尊佛；皈依法皈依的是三藏十二续部八万四千法门而不是一两本经书；皈依僧皈依的是一切出家人而不是某一位法师或者某一个教派的出家人。若你皈依的对境仅仅是一本经书或一位出家人的话，对不起，这不是真正的佛教，你连佛教徒最基本的皈依的戒律都没有得到。

九，也有一部分人，自认为自己是非常聪明的利根者，修行根本不用依靠善知识，自己看看经书好好修行就可以解脱了，这是一种错误的观点。我们翻开经典，哪位成就者是没有依止善知识和老师的引导自己成就的？经云："未有上师前，不成佛故也，千劫万佛尊，皆依上师成。"说过去现在一切的佛都是依靠上师而成就的，没有一尊佛是不依靠师父自己成就的。

十，还有一些人认为只要自己心中有佛就可以修成佛，而不必进行皈依的仪式，不需要这些形式上的东西，我认为这种观点也是错误的。这好比说人生病了，只要心中想着医生，不用去看医生就可以解除病苦了吗？我们现在的人都是得了贪嗔痴慢疑三毒五毒各种烦恼的各种的病，流转轮回不得解脱，不依靠如妙医般的善知识医治怎么能治好病呢？现代的人婚丧嫁娶都要举行仪式，甚至开个小店都要举行个隆重的仪式，那么能够让我们解脱生生世世出离轮回苦海的皈依仪式怎么倒成了无意义的形式了呢？况且佛教的这些并不在于外表的仪式，而是借由外在的仪式让参加仪式的人内在获得一种戒体和解脱悟性。如果你仅仅是如游戏般受了一个皈依仪式，确实无任何实在意义。

十一，有些人自认为学习了一些世间的知识，就把自己当做多闻的善知识，然后用世间的分别念和一些逻辑的推理去研究佛法，更有甚者还发表自己的言论否定或批判佛法，想谤佛谤法的话还是先学习研究研究浩如烟海般的佛法经律论再说吧，仅仅看几本经书就想建立自宗还早着呢！

《定解宝灯论》中说："多闻象鼻虽伸长，而如井水深法水，未受尚求智者名，如同劣种贪宫女。"就好比大象的鼻子虽然可以卷起一些东西，但是想吸到深井里的水是不可能的。佛法是很深奥的，就如同深井里的水一般。学习了浩瀚如大海般的佛经里面的一点点东西，就自认为自己如高僧大德一般去引导众生，正如同低劣下贱的人想贪欲王宫里面的宫女王妃一样。又如《本论》中云："因明语珠荆棘矛，十万虽刺亦不穿，诸大迷惑之难处，应说长舌伸如电。"什么意思呢？因明指的是一些简单的逻辑思维，这样一万个世间简单的逻辑思维也难以通达佛法甚深的法要，很多高僧大德论师都难以解开的问题，你用荆棘般的矛根

本穿不破，只能用如闪电般的长舌，如文殊智慧宝剑才能打开一切迷网，通达解脱彼岸。

正确的做法还是先调整无始以来自己所作贪嗔痴慢疑三毒五毒的烦恼，清净业障，然后再去度化众生，如《三摩地王经》云："自身尚缚，欲解他缚，无有是处。"

十二，有些居士皈依某位金刚上师之后，以己凡夫俗子之眼看到上师有"过患"就去诽谤上师，甚至舍弃上师。佛经上说，即使传授过四句偈的上师，你去诽谤也要五百世转生为狗，这个罪过是很大的。另外，密乘的戒律里面还有外四密、内四密、上师嘱咐两密十条戒律，在这里就不一一详细讲了。上师嘱咐两密是什么呢？这一点是大家常犯的，所以简单说一下，就是上师为了不引起不理解的人的诽谤而嘱咐让你保密的事情，你如果泄露了那就是犯戒。所谓的"誓言"是什么意思呢？"誓言"在藏文中叫"丹次格"（音），意思是"圣烧"。续云："受持净戒者能圣，不持净戒者烧亡，故于此说誓言也。"意思是说如果如理如法地守持戒律必定能成为圣者，相反不守持戒律就会在地狱中感受无量烈焰烧身的痛苦。

既然我们不能以凡夫之眼观察上师，那我们应该用什么眼光去观察上师呢？我们要用智慧的眼光去观察上师。那么又怎样用智慧的眼光去观察呢？

在很多经论中都谈到了真正的具德上师所应具备的法相，在没有依止上师之前是可以观察的。宗喀巴大师说过观察上师至少可以从听（打听上师的修行、智慧、慈悲等功德）、看（观察上师的法相等）、行（观察上师的行为方面如为人处事、戒律等）

这三个方面观察，你也可以用经文中更详细的标准来衡量善知识。我们不能盲从地不经考察就相信一切人和事，不能附和更不能从众。不能像饿狗吃肉、饿牛吃草那样"饥不择食"。世俗生活中你的一切选择都很重要，都要经过你的考察做出判断，更何况是选择生生世世引领你渡脱生死轮回苦海的船夫——你的上师呢？如《功德藏》中所说："若未详细观察师，毁坏信士善资粮，亦毁闲暇如毒蛇，误认树影将受欺。"

观察上师还要观察上师所修的法脉是否清静，因为现在冒充佛教的其他的邪门歪道和一些这个功那个功的功法也很多，也需要审慎观察。佛陀讲"比丘们与善知识，如金销融截磨制，应善验证我教示，非因敬我乃盲从"。佛陀当年也是允许比丘们对于佛陀传的教法进行观察考证，要审慎取舍；善知识如今也是开许信众自己观察取舍，不像其他的宗教，入教后不允许说一个不字，否则会受到惩罚，不合理也不可以问为什么的。当年佛陀都要比丘如此观察抉择，更何况我们如今的末法时期，假经假论多如恒河沙，慎重观察取舍就更为重要。

按照无垢光尊者所讲的：依止了上师后即使看到上师表面上有一些过错也不能用世间的眼光去衡量上师。萨迦派扎巴坚赞尊者在《誓言集广》中说道："看到上师种种过患的时候，不谤不赞不发表任何言论。"

上师在显宗密宗里分类有很多。显宗里的三恩德上师是给自己传授别解脱戒、菩萨戒、密乘戒的上师。密宗里不共的根本上师是给自己传续部、授灌顶、赐窍诀的上师。广的方面讲有十三种上师，小乘方面有七种上师，密乘方面有六种上师。这些上师

如：斋戒师、居士师、沙弥师、屏教师、磨羯师（传戒时）、启蒙师、依止师、誓戒师、传经师、讲续师、窍诀师、灌顶师和磨羯师（灌顶时）。前七个是显宗方面的上师，后六个是密宗方面的上师。

总之上师的分类有很多，根据传法不同分为不同的上师，但是根本上师是最重要的。我们平时所祈祷的"上师知，上师知，上师知"指的就是根本上师。这个根本上师又是什么样的呢？就是三恩德上师，即我们前面所说的传续部、授灌顶、赐窍诀的上师，也是你一旦舍弃或诽谤的话就失去了密乘根本戒的上师。在密乘的五条戒里，第二条"敬上师"所指的就是你的根本上师。自己的身口意在这个上师跟前做了让上师不欢喜的事情的话罪过是很严重的，所以平时我们说要像佛一样对待根本上师。

那么如何去恭敬这些上师呢？

1. 对受戒等引导进入佛门的上师要像国王一般地恭敬；

2. 自相续调化引导解脱法门的上师要如伯父一般地恭敬；

3. 灌顶及授密乘戒的上师要如父亲一般地恭敬；

4. 犯戒忏悔的对境酬忏师要如母亲一般地恭敬；

5. 讲经说法调柔内心的上师要如眼睛一般对待；

6. 传授甚深密法窍诀和灌顶的也就是根本上师要如自己的心脏一般对待；

7. 对自己有一点点恩德哪怕只解说了四句显密妙法的上师要如病人对医生一般地恭敬。

作为一个修行人，什么样的上师要怎么样对待，自己要清楚。上师也不是谁的名声大谁就是自己的上师，也不是谁的财富圆满谁就是自己的上师，而是对自己的解脱最有帮助的，给自己能传相应的法的上师，才是最有恩德的。因为现在很多居士不管上师具不具德都跑去亲近、依止，然后又一个一个地诽谤，这样反而造了很多的罪业。无畏光尊者曾经说："多数愚者绘像修，上师在世不承侍，不知师意修实相，能所修违诚可悲，无信中阴难见师。"对上师有多大的信心就有多大的成就，我们在中阴时上师也会来引导我们，但并不是现在上师的不净的肉身或色身来接引你，而是上师的慧身显现于如水月般的色身来对你做引导，要依靠我们对上师的信心才能得度。好了，今天就讲到这里，祝大家道业精进！阿弥陀佛！

禅　诗

高淡清虚即是家，何须须占好烟霞。

无心于道道自得，有意向人人转赊。

风触好花文锦落，砌横流水玉琴斜。

但令如此还如此，谁美前程未可涯。

　　偶读此诗，觉得甚佳，诗中表述了禅者野居修道、清虚宁静的禅悟境界，首联点明修行之地无可无不可，只要心地高淡清虚，不必过于执着环境的好坏，由此联想现代的修行者无论在喧闹的都市里还是在清静的山林中，只要有无上的菩提心，任运自在心无处不是修行之佳处；额联谓修行重在无心于道，有心便陷于执着，平添妄念，无心处，道自现，有意求之，则反而离道更远，禅者对法不可执着，反观当今修行者人在深山密林，心贪尘世八法，那境界在何处岂不一目了然？颈联以景寓禅，好花随风飘落，流水绕岸流逝。禅者已经任运自然，随缘自在。尾联"如此还如此"，显示佛性常在、当下佛性常在、当下如如意，一切都是自自然然、法尔如是。过去、现在、未来三心不可得，哪里还有什么前程往事呢？

其实真正修行人，修到一个人的内心自在与安宁，处处都是庙，信仰与心灵凝聚在一起，修行者如若照方服用，就能福寿康宁，诸事称心。归根到底一句话，就是"成佛根本，从善而进"。

"逆来顺受，与世无争"，也是佛教人生观的一面。

从诗的内容可以看出这首诗是禅悟境界很高的修行者所作，我国古典诗歌，从来就和僧人有着不解的缘分，先后出现如鸠摩罗什大师、寒山、拾得大师、景云禅师、永明禅师、弘一律师、慧能大师等很多在诗、书、画方面颇有造诣的出家人。藏传佛教中有如六世仓央嘉措情歌、米拉日巴和夏嘎巴的道歌，还有藏传佛教八大教派持有传承者如烟海般的道歌和诗歌把佛法的法意传达出来，至今为后学者效仿。如果说，出家人的物质生活以清贫简朴，有利道心增长的话，那么出家人的文化生活，却是十分丰富多彩的。这无疑从一个侧面反映了佛教徒精神寄托或对美的追求。然而，由于佛门受着"不自作也不视听歌舞"等戒律的限制，因此出家人除了内心修为外，这种文化生活的特色，又似乎特别集中在和诗、书、画三绝的缘分上。

阅读《坛经》感想

无上大涅槃，圆明常寂照。

凡愚谓之死，外道执为断。

诸求二乘人，目以为无作，

尽属情所计，六十二见本。

妄立虚假名，何为真实义？

惟有过量人，通达无取舍。

以知五蕴法，及以蕴中我，

外现众色象，一一音声相，

平等如梦幻。不起凡圣见，

不作涅槃解，二边三际断。

常应诸根用，而不起用想。

分别一切法，不起分别想。

劫火烧海底，风鼓山相击，

真常寂灭乐，涅槃相如是。

吾今强言说，令汝舍邪见。

汝勿随言解，许汝知少分。

看过《坛经》中这一篇，感触颇深，寥寥数语竟能够使如我一般对究竟涅槃不甚了解的人内心的境界有不可思议的加持和触动，真有"听君一席话，胜读十年书"之感。六祖慧能大师对生死轮回的边远涅槃、真实如来的本来面目的理解如此之深厚，真让人赞叹不已。联想自己所修学的密宗，其实慧能大师所讲的禅宗的如来境界和密宗大圆满的光明境界竟是无二无别，圆满佛法的一切要义。

　　经文大意：至高无上的大涅槃，是一无所缺、永恒常在，没有散乱，灵然不昧的。冒昧无知的人误把它理解为死亡，外道错把它认为断灭。那些只具声闻、缘觉认识水平的人，又认为它是不能通过做功德善事可以达到的，这都是以世俗偏见来看待涅槃，是产生六十二种错误观点的根本原因。错误地设立了种种虚假的名称，哪里是指什么真实的存在？只有那些具有超常智慧的人，懂得涅槃的真理，既不追求涅槃，也不舍弃涅槃。所以他们知道，构成人体的五种物质和精神要素，以及其中作为主宰的"自我"，还有自身之外的一切事物和现象，声音相貌，都毫无例外的是梦中的幻影。不要区别凡与圣，不要执着于涅槃的无生无死，也就没有生死和三世的轮回。时时顺应各种感官所具有的作用，但心中又是不执着于这些作用。要善于分辨一切事物和现象，却又不执着于辨明一切，即使劫火把大海烧干，灾风把须弥山吹倒，这真实、永恒、极乐的寂灭，却正是涅槃的表现。我今天勉强解释了涅槃，不过是为了消除你的偏见。只要你不根据我的话语望文生义，我就承认你多少懂了些佛法。

　　慧能大师还讲过这样一段开示大意：善知识，如果不理解和

认识自己的本性，那佛也就是众生；如果一个念头是正确的，那众生就是佛了。所以知道一切都存在于自己的心中，为什么不从自己的心中瞬间认识真如本性？正如《菩萨戒经》上说的："自我的本性先天就是纯真洁净的。"如果认识、理解和体验了自我的本心和本性，就都可以成佛。

　　回归黑色空间，听不见你，也看不见我，却可以聆听时光远去的脚步，晰见岁月穿梭的痕迹，像体内流淌的血液，一点一滴，未曾停息，不同的是一个是永恒，一个是转头即空，人生苦短，多渴望在秋叶殒落的寂寞里，回归生命的原点。

不论您已走得多远，也无法消淡我对

您的思念，只因为对您的爱，已经深入我

的骨血！

第五章
赋爱予诗

德昂寺

思念金刚心

——怀念恩师法王如意宝

在树林中
我把您的笑声浅浅印在青柔的绿叶上
在人群中
您仿佛的身影时时触动着我敏感的心跳
思念的日子总是淅淅沥沥
淋湿了花瓣　彩虹和记忆的风景
我常把沉淀于内心的诗句
悬挂在晨曦的草尖上想念您

七十八年前的今天
您悄然降临在普通的藏民家
开启不朽的历史诗篇
为黑暗点燃光明
为生命托起希望
您月光下的微笑

将我的思念泛起涟漪

仍记得雨荫下您颤抖的模样

风雨摇曳　星月娑婆

弘法利生的脚步却不曾停驻

大慈悲手普降佛法甘露

滋养着众生干涸的心灵

持火把的巨人将光明传向四方

遍布整个世界

无常铁靴踏碎温柔梦乡

支离破碎了天堂美好的时光

驱散安住花蕊的蜜蜂感受芬芳

噩梦和着寒冽上演

万物萧飒群鸟静穆

心与泪低吟沉重的哀伤

春天在盼望您和燕子归来的日子

燕子回来了却没带来您的身影

高原的夏季清风徐徐

我在孤单的路上撷一根苦酸的花茎

踩着没有脚印的小路

独自徘徊寻觅

直到秋日黄昏渗出绯红的血

冬夜月空下梦你

心和泪珠一起碎成雪花

每当想起款款的车离开学院
此时道友热泪盈眶的眷恋
在我的心底
始终呈现如春风细雨般的一幕
那天的夕阳下
一只寂寞的身影映躺在喇荣身后的山坡
是我在静静的咀嚼您法语的美味
夕阳余晖的绚烂像极了您慈悲的目光
缓缓地归入西方
您的车爱怜地停靠在弟子的身旁
车窗下透出和蔼慈祥的笑容
从此成为弟子永恒的纪念
萦萦绕绕在弟子思念的漩涡中

遥望您远去的背影
年幼的孩童守望八年
相守的十几个年头
终成难忘的坚持
慈父音容笑貌时时浮现眼前
在昨日睡梦中
似有若无有人轻轻叩响我的门窗
是您来到弟子的身边吗
也许又是您在生命中难忘的岁月里
给爱徒留下了甜蜜的回忆

那些流离的鬼魅莫要打扰

只有您柔和的灵魂才最给予安慰

您温厚的大手轻抚吾头

醒来时

只有眼泪湿润了双眸

慈悲智慧的芬香永远围绕左右不曾逝去

未亲睹尊严仍心存惋惜

总执着日日夜夜与您梦中相会

您慈父般的音容笑貌

输入我血液中无穷的勇气

您呕心沥血的深深教诲

伴我走过所有的风雨

我多想跟随您一起去

可我只能留在这里

我没有忘记您的金刚心

与众生的游舞

是我对您最好的回报

我的心爱着您的世界

我的心爱着您的世界
您就是我的春天
我的田野
我随风飘扬的牧歌

我的心爱着您的世界
在您的世界
我看到最美丽的河
我看到洁白的云朵
我看到片片的花瓣
在林间坠落
飘洒到山谷、溪流
飘洒在我心中的每一个季节

我的心爱着您的世界

您是我窗前细数雨滴时的欢乐

您是我看云霞满天时的沉默

您是我灯下读诗时的笑靥

您是我浩瀚繁星下思念的热渴

您是我心灵忧伤时爱的抚慰

我的心爱着您的世界

在您的世界里

我是只甜蜜的小白鸽

我要在您门前的树枝上栖息

白天在您目光的注视下呼唤着

夜夜在梦中守护着您幸福的禅定

我的心爱着您的世界

当我在岁月里穿梭

您的世界就是我亘古不变的日月

您是冈底斯山川的巍峨

您是尼连禅河的清澈

您是菩提伽耶圣座上耀眼的金色

我的心爱着您的世界

我要在这幻变的世间穿越

在永恒的智慧和空性中跏趺盘坐

我的心爱着您的世界
我的灵魂还是那么狂热炽烈
我要站在堆满玛尼石的山坡
我要转过每一个蔚蓝的湖泊
我要在您走过的每一条路上走过
我要给您我生命中最珍贵的一切
只因我的心
一直深深爱着您的世界

思念远方的您

我常常凝视

照片里的笑容

那时候的您是这样年轻

我常常跪在佛前

低垂着头端坐不动

在这样的时光里

万物似乎都已消融

在这样的静谧里

万事似乎也早已成空

只有您

总是伫立在我的心中

忘也忘不掉的身影

躲也躲不开的梦境

我多想

变成展翅高飞的雄鹰

千里万里也只有

片刻的行程

哪怕只能在您的身边

停留几分钟

也会让我不去在意

旅途中的雪雨霜风

是什么　是什么

曾在我的记忆里深种

为何今生对您会有

这样深厚的感情

是什么　是什么

让我常常在深夜里无眠

睁着双眼细数黎明

我早已不能降服

我薄脆的内心

对您的思念

早已写满了

我的前世今生

我的信仰　您的杰作

——寄恩师

今夜您会在星光下将心交给自然，

而我猥琐的无明仍缚心愁苦深陷，

疲惫舞者需停下浮旋静静思考。

摒弃狡饰的借口息心吐纳，

蓝色平静虚渺了诗人思想，

印象中您熟知的模样澄现。

遥远边际传来真情叮嘱，

幻觉从悸动的脉搏滑落，

坠入掌心筑温凉的合掌，

我的信仰原是您的杰作…

迷路双眼欺骗了自己，

欢乐举起漠然将我遗忘；

在悲伤的地盘无力挣扎，

唯您慈悲气息复活了希望。

善唱歌者的曲谱被狂喜吹散，

喜旋舞者的步姿把无聊凌乱，
我须卸载枯燥乏味的琐碎，
收敛密密麻麻的迷离浮夸，
还自一线清净明然，
扶己踏上安稳道路，
让旅途扬起吉祥的风幡……

伴着歌声想您

——献给恩师

逸马驰骋阔野绿原，

是出生儿戏的家乡；

白山青水繁华辽域，

写流连忘返的畅想；

慈蔼阿妈喇嘛庙宇，

助伸展茁壮的土壤。

红色山巅走来捻花使者，

步履轻盈您已来到身旁。

眼含微笑轻拭手印，

诠释慈悲智慧的玄妙。

藏坡上白云幽深回响嘹亮歌唱，

伴着歌声　扑面而来思念的芬芳。

记忆您的歌婉转嘹亮，

似怒放山花挺向傲蓝晴川；

像欢腾河水溅起千层波漾。

爱恋此歌声织就泪水中柔软的盼望，

思念您慈容化为合掌间深沉的祈祷。

层峦无际的风景演您脸庞清亮，

却也随旅行者身影甩向细小狭长，

唯是拨动心弦的歌声在耳畔吟唱，

旅途无忧无伤因是伴着歌声想您，

伴着歌声想您……

细数星晖成一转瞬，

扳指岁月亦为念顷；

风景千般眼渐迷乱，

唯此歌声不曾改变。

掷一缕思愁远离情之惊扰，

瞥千绪寂聊拂拭心本澄然，

时光……

思念与您一起的日子

您以我不懂的语言

为我写下道别的诗行

带着我深深的忧伤

您去了光明的刹土

我的心灵也开始

渐渐沉睡

您曾用温暖的加持将我包围

幻梦般的星空

闪烁着我深深的沉醉

每当心灵掠过大地

我只想与您一起飞翔

忘记那些望穿秋水的徘徊

在我心里

您是我今生唯一的追随

和您在一起的时光

总是让我心中

涌动着爱的潮水

您的言行教会我理智与慈悲

我只想在您身边

安宁与守望

世间万物即使凋零

也有着无法触摸的美

您的存在

就是我无法舍弃的轮回

生命之泉流淌过心扉

我在等待

神明照耀着灵魂的光辉

只想与您生生世世

相依相随

只要还有一丝记忆

您就是我生命之中

永远无法湮灭的璀璨

祈　梦

每次多念经那晚梦见您

知道您喜欢精进的徒儿

昨夜朦胧睡中摇响风铃

醒来感觉上师坐我旁边

在记忆的天空中

您还是那样的高大

还是那样庄严

还有您残留下的加持

记得那么清楚

念诵的传承记不清

好似数着遍体的本尊

想起年少的誓言

忏悔曾经不敬上师行为

忏悔无明业障的作恶

忏悔一些诺言随风而飞

还是想告诉您

我对您的爱——依然不变

相信您的发愿——生世不离

希望今夜的梦中

与您再次相见

再次赐予普降甘露妙法

　　不要害怕苦闷，因为它是催促我们奋勇冲破阻力的前奏。安于现状的人苦闷虽少，进步也少。越是对自己现况不满意，越是急于求得挣脱，反而能击发出巨大的潜力，终于有所成就。

我家乡的草原

若可以漫步在云端

请让我低头俯瞰

我家乡的草原

奔驰的骏马

似空中的闪电

油亮的鬃毛

在风中翻卷

若可以雕鞍顾盼

天涯也不再遥远

一声长嘶

傲然天地间

远处的群山

紧依着清澈的湖畔

甘甜的湖水

曾温润我多少幸福的笑颜

盛开的野花

似繁星点点

山间的白云

连成哈达似的一片

云水交接　天蓝水蓝

此生最爱

我家乡的草原

黑牦牛　睁着圆圆的双眼

温柔的绵羊

轻声把羔羊呼唤

袅袅的炊烟

把酥油茶的香气飘散

晚归的牧人

看夕阳用金色把雪山点燃

水中的倒影　如此庄严

是谁把天堂遗落人间

我愿沉醉在家乡的草原

那翠绿的青草

在大地上连绵

像妈妈的怀抱

让我时时眷恋

当我站立在山巅

我向大地呼唤

就像妈妈怀抱中的赤子

热吻着这一片圣洁的高原……

当七色的彩虹横跨天边

那纯净的天如孩子的眼

寺院的金顶在阳光下闪

寂静的玛尼石

在默诵着千年的古篇

还有那灿烂的经幡

在风中摇曳

如亲人温柔的双手撩拨心弦

毗连的转经筒

静静的伫立在风中

曾多少次触摸过阿妈的指尖

那是我家乡的风景啊

群山静默　　大美无言

让我永远梦绕魂牵

跟随着老阿妈

我磕长头一路匍匐在佛前

转过一座座洁白的佛塔

诉说心中的祈愿
展翅的雄鹰啊
请为我紧紧守护着这片草原
若心中还有一滴热血
若胸中还有一份深情
我家乡的草原
永远是我眼含热泪中
永不干涸的温暖

那些美好的回忆

皎皎的月轮

照亮我书桌上的合影

穿过无常的岁月

眼前倏然浮现出你的身影

在这样的夜晚

你是否还在诵经

遥远的恒河

不息的流水

是否仍旧淙淙铮铮

宁静的水面

漂浮着一盏盏河灯

暗蓝色的银河

更倒映出点点繁星

漫步在恒河的两岸

是你我不曾忘却的曾经

学院里广褒无垠的草原

在寒冬里

是否也已凋零

随着春风

它们又会蕴育新的生命

你我都曾坐在草地上辩经

朵朵的野花

遍洒佛法的光明

你我都曾经

翻开一页页的佛经

深沉宏亮的梵音

震撼过你我的心灵

你我都曾祈愿

把身心奉献给

无边的众生

菩提迦耶的圣地

总是充满宁静

绕过庄严的佛塔

天边的云霞

总是会把塔顶染红

你我的青春

都曾被佛陀

慈悲的双眼照映

你仍留在那座无冕之城

而我却与你

远隔山水重重

可再遥远的距离

相同的信仰

总是让我对你的思念

可以穿越无尽的时空

晨曦的禅坐

我看见/

淡淡的薄雾升起/

在黎明/

踩踏着湿润的春泥/

我轻轻走过那片翠绿的林子/

落叶斑驳/

连鸟儿也不舍惊扰安静地栖息/

四周这般的沉寂/

树梢渗透光影/

如跳跃的金子/

微风在暗中涌动/

尘埃浮起/

我在林中静立/

仰望天空/

小径苔痕青青/

人间的嘈杂在这里消逝/

远处不关的柴扉啊/

清茶可否已沏/

袅袅的热气/

可亲的脸庞熟悉而亲昵/

可以对坐笑谈浮生/

亦或彼此伏肩真诚而泣/

已无影踪了啊/

我岁月的痕迹/

陌生人 /

与你相逢在时间的缝隙/

低声！请再低声 /

莫要惊动残梦和晨曦/

因为我深知/

世间事 /

一瞬间就会飘逝/

去说出/

爱、希望和光明/

哪怕还有叹息/

去感受/

自然、生命和缘分/

哪怕还有分离/

去包容/

一切的因果、爱恨和得失/

239

哪怕还有前生来世未了的故事/
在这个薄雾的晨曦 /
回味走过的岁月和那鲜活的记忆/
请相信自己/
用最清澈的眼睛和最虔诚洁净的心力……

人间情绪冷暖/某日登上高处/印上吉祥足迹/心房献给
玫瑰/某日北风哭泣/天空拒绝遗落/土壤不融种子/孤独牧
人孤独/月影独自吟唱/中年忧伤捎走/纯净夜空梦曲/安详
却有沉重

天下阿妈母亲节快乐

阿妈　阿妈

您是我生命中喊出的

第一个字眼

这里面包含的

是甜蜜

是安然

是我灵魂中最深切的依恋

此时的我

正慢慢的回忆

在您内心深处

隐藏的全部语言

您一生的话语

总是少之又少

再去看一看

您那布满皱纹的额头

您那充满慈爱的双眼

您那如古树般干枯的双手

还有那因为劳累

而日渐佝偻的脊背腰身

我最亲爱的阿妈啊

您承载着生活的重担

而您给予我们的却是

最温暖的慈爱和绵甜

多少次对您思念的泪水

默默地流进心田

在您宽阔的胸襟前

我永远都是您的孩儿

今生

儿未能在您膝下承欢

却愿将佛陀给予的修行

默默的奉献您面前

是您在我幼小的心灵中

播下了解脱的种子

您是我在人间佛界里

最宽容的家园

当寒冷的冬季来临

寂静把雪山包裹

一只雄鹰腾空而起

击落片片的白雪

远在万里之外的我

拥有的却还是

孤独的长夜

我想念家乡的草原

想念和阿妈在一起

背柴的日子

想念阿妈挤奶时

唱起的歌

还有那歌声中

唱出的六字真言

历尽艰辛的我

在这一年里

对您有着无限的思念

我这个草场牧民的儿子

是您用朴实和善良养大

感恩您对我的哺育

让我啜饮爱的甘露

让我学会坚强和慈悲

今天我多么想再喝一杯

您煮好的醇厚飘香的奶茶

我还想依偎在您的身边

轻轻地呼唤着您

阿妈　阿妈

　　温色灯光，暖透心房，细数绪思，淡淡忧伤，柔软叮咛，萦绕耳旁。宛若彩虹灿烂晴空，亦如雄鹰勇敢苍穹，恰似白雪庄严域疆，仿佛红日激活希望。无法忘却……慈悲的恩师们。

阿　　妈

阿妈，多么香甜的名字
此时我正细细地品味
您内心深处隐藏的全部语言
尽管您一生话语很少

再看一眼，
如同干枯古树的双手
那布满皱纹的额头
佝偻的脊背

啊，我亲爱的阿妈
那满身的劳累
源自您一生为儿女的操劳
对孩子们最绵甜的慈爱
多少为您流下的泪珠
心里咽

阿妈，在您宽阔的胸襟前
我是您永远的孩儿
儿今生未能尽孝您身旁
却愿将佛陀给予的修行
一生默默无闻地
报答您的大恩

阿妈，您给人间留下了美好的回忆
在佛界您又播下了解脱的基因
您是人间佛界多么宽容的家园啊

当寒冷的冬季来临时
寂静，从雪山上滑落
一只鹰腾空而起
飘落下大片的白雪
万里之外，还是孤独

带血的风吹过寒冷冬夜
我怀抱慈悲和家乡
真想回家看看
心酸的我走进您善良的胸膛
感受您朴实的心灵
您教育的甘露，儿一生受用
时刻没有忘记您

这一年无限的怀念

阿妈，久违了您孤单的背影

下雪的时候

真想跟阿妈一起上山背柴

我想起阿妈那挤奶的歌

歌声中唱出六字真言

草场牧民的儿子

在奶牛和阿妈感恩的歌声中长大

儿女们别忘了阿妈

别忘了奶牛

我亲爱的弟弟你醒过来吧！

让我去你的梦里

去找寻你　到底去了哪里

为什么　你看不到

我为你伤心哭泣

而流下的泪滴

我这有着英俊笑容的弟弟

你的小房间里

还堆满了你七色的画笔

那唐卡上菩萨的面容

还蕴藏着你的眉宇

枕边叠好的衣裳

还在等待着你把它们穿起

就要远飞的大雁

早已带来了秋的气息

我的弟弟

不要再沉睡了啊

请陪我去看一看

蓝天下　已是霜叶满地

我只是你

悲伤无助的兄弟

握着你的手

我每天都在倾听你的呼吸

那掌心的温度

我一直都是这样熟悉

你呼唤我的声音

似乎还萦绕在耳际

可是为什么

如今的你

留恋着迟迟不肯起身

与我再说起

你喜欢的话题

我的阿佳拉①

（一）

多年前的一个夜晚

我的阿佳拉　在我怀间

微弱的呼吸不再新鲜

月光凝固了她安详的笑脸

我的双手阵阵紧缩

我的心无助地颤抖

我的泪水从脸庞默默滑落

一颗颗　一颗颗被岁月包裹

若悲伤可以逆流成河

那么我恳求时光之舟

愿你可以带我慈航

在命运的长河轮回穿梭

---

① 阿佳拉：姐姐

（二）

帐篷外

亿万星辰不眠

帐篷内

祈祷的烛光灼痛我的心弦

我的阿佳拉

那个为我端来温热酥油茶的阿佳拉

那个与我在雪地里嬉笑打闹的阿佳拉

那个在寒夜里为我披上皮袄的阿佳拉

那个如今在黑暗里呆坐　想念着我的阿佳拉

阿佳拉……

（三）

悲泣的烛火点燃了晨光

泪水在灰烬里凝结

我是浪迹天涯的学子

飞翔是我美丽的梦想

漂泊的翅膀

让我们的分离是那么漫长

再次回到家乡

你却要永远住在遥远的他方

此刻的星光

点燃我周身的寂寞与彷徨

我的阿佳拉啊远天的梵唱

在你曾住过的山谷回荡

经轮依旧闪烁光芒

可你已不能再将它转动

阿妈端上的奶茶依旧飘香

而你不再微笑着坐在我身旁

佛前的酥油灯

火光穿透了冷冰的时空

你可感觉到了温暖

那是我思念的目光

阿佳拉　我的阿佳拉

知道吗

你不在的日子里

草原上落下片片白雪

像是白色的花朵为你开满山野

雄鹰带走了你的灵魂

带走了你生命的芬芳

却带不走我对你永生的守望

友·伤逝

你如一缕轻烟
飘逝得干干净净
没有计较陌生的弯路
脚抬在半空
还没有烙下脚印的时候
就这样悄悄地走了
划破我思念的曲线

昨夜你又走进我的梦中
满眼的不舍和回顾
和你在一起的日子
为什么　那么快
而如今你在时间里
我却在空间里
陪不了各自的孤独

我总是

在你喜欢的树林里

静静散步　风声仿佛

扎年琴①声般模仿着

你低低的倾诉

我们曾经的脚步

如今铺满了层层的落叶无数

你已定格为

旧日时光里不变的画面

而我还在这人世间

因为想你倍感孤单

为你诵经时

我的泪水总会止不住

和着寺院大殿的回响落幕

如今的你身在何处

是否迷失在轮回的险途

可听到菩萨的呼唤

无论有如何美好的归宿

也别忘记我们的誓言

佛陀的教诲

是今生来世唯一的依怙

---

① 扎年琴是藏族的一种乐器，也叫弹唱琴。

回忆冬季的美丽

我又见到你

你的美丽还是那样一如往昔

儿时的我　曾多少次

在你的怀抱里嬉戏

堆雪人　打雪仗　放爬犁

眉毛上挂满白霜

似藏戏中的耄耋老人

口中呼出的热气

像火车冒出的浓烟　奔跑在雪地里

一阵阵欢声笑语　弥散在天际

草原的冬夜　野狼唤出圆月

藏獒轻声低吼　牛羊护紧犊儿

我躲在阿妈的羊皮袄里

看酥油灯柔柔的光芒

照亮阿妈的脸庞

在安详的诵经声中　我酣然入梦

我也曾策马奔驰　在落满雪的草原

只为能再看一眼

夏天开满山坡的格桑梅朵

可只有　清脆的马蹄声

像马林巴琴一样　拨动我的心弦

杨树林里　我找寻

幼年的足迹　阳光下

只有一排排杨树

在风雪中傲然挺立

它在倾听　白雪中传递的宁静

它在抒写　生命中的传奇

因为只有它　经历了一次次

春的生机　夏的繁盛　秋的绚丽　冬的坚毅

尽管已落尽繁华　干枯的枝桠

依旧笔直的伸向天空

感受着雪后自由清新的呼吸

树木在述说

茂密的枝叶不再是累赘

雪在述说

纯洁是它存在世间全部的意义

阳光透过树木映照着银白色的大地

山川伸延到一望无际

犹如洁白的哈达　献给佛陀

做为最真诚的敬意

这样的美景我只能与你述说

它们让我感到如此的欣喜

冰冻的心逐渐融化

我禁不住流下泪滴

多么渴望能与它们站在一起

愿化成片片雪花

覆盖河山万里

愿化成最普通的一棵杨树

紧依苍穹　书写四季

远远地　我听见

是谁在哼唱着六字真言

蓝天下　那亘古不变的声音

依旧那样悠远

我只有感谢

那美丽的你　让我懂得了生活

让我的心灵如此晶莹清澈

默默地　撰写出对人生的理解　万物的气息

星月菩提

当佛陀在林间的树下静坐

天地沉寂　万物静默

夜风也悄然停泊

幼鸟在树梢的巢中安歇

只有菩提树的果实

倒映出满天的繁星

和那一轮圆月

晨间的露珠

凝于佛陀的眼睫

林中的薄雾　打湿佛陀的衣袂

当佛陀夜睹启明星的一刻

从此世间

有了涅槃寂静与永恒的安乐

菩提树的果实

记录下了那天晚上的月色

佛陀也一定曾亲手抚摸

智慧的种子

随佛法洒遍世间的每一个角落

被穿成一串串念珠

在弟子们的腕间闪烁

当我手握着这一串星月

仿佛在时空的长河中穿越

佛陀慈悲的身影

从未在心中泯灭

曾经的忧伤与迷惑

都在一声声咒语中凝结

凝结成对佛陀感恩的思念

细细密密

洒满星月菩提的每一颗

259

心的旅程

我喜欢

让心灵去旅行

就去那烟雨濛濛的江南

那里有二十四孔桥的明月夜

那里有枫桥夜泊的客船

那里有独钓寒江雪的蓑笠翁

还有西子湖畔　断桥边

被世人传颂千年的爱恋

我渴望

让心灵去冒险

那塞外的古道　曾烽火连天

大漠的孤烟

直直的映照着空旷的傍晚

吹一首思乡曲

古老的羌笛挂满离人的呜咽

长河落日染红了独立人影的发间

我向往

让心灵去朝圣

故乡高原的土地　有最纯洁的梦幻

飘飞的风马　炫目的经幡

金色的转经筒

曾触摸过多少人的指尖

还有那曾住在布达拉宫里的少年

他的诗歌让我的人生

是这样温暖

我惦念让心灵去安住

在迦叶尊者曾守衣入定的鸡足山

那里有辽远的洱海

那里有白云缥缈的苍山

千年的大理　有香巴拉净土的召唤

还有那蝴蝶围绕的不老之泉

丽江古城　黑龙潭　福国寺是如此庄严

心的旅程

并不在意山高水远

宽广的胸襟

可以去触摸繁星、虹霓和流岚

长风万里　荡不尽心海的浩瀚

只要有爱与我相伴

这世间的美景

就是我记忆中最灿烂的画面

　　人与动物、昆虫是一样的，众生平等，人人皆可以成佛。世间没有别的创造者，你就是自己的创造者。

万年如一天

清晨天空中的太阳/

开启了金黄色的布幔/

慢慢升起在后山/

把温暖给予大地的牧人/

每一束阳光都折射出了/

五彩的光环/

牧圈里的人们/

走向要去放牧的方向/

帐房里的老人/

想着自己一生的离合悲欢/

为了聚散的因缘而愁容满面/

似乎早已忘记/

生命也会日落西山/

因果的定律啊/

又有多少人能放在心间/

还有几个闲人在到处游荡/

嘴里还叼着香烟/

或许没有什么目标可去追寻/

满地的脚印刻画成了/

八卦太极的图案/

今天过了又过明天/

日子像河中的投影/

晃一晃就变得无比散乱/

生活是滚动中的轴承/

轮回的车轮不停地旋转/

天天这样浪费着时间/

过了万年也仿佛只是一天/

把安宁还给大地

为何长夜难眠

为何声声叹气

生命里有尊严

灵魂中有悲悯

逝去的终将逝去

安息的也请好好安息

无法满足的欲望

总是不停地向大地索取

可大地母亲的愤怒

又让她的儿女

流下多少泪滴

这颗蔚蓝色的星球

在浩瀚的银河中

独自美丽

我们降生在这里

就与她时时刻刻

共同呼吸

请珍惜大地的赐予

再不要去砸开

每一座山川

再不要去截断

每一条河流

让鲜花自由开放

让大地修生养息

放下人们心中

无尽的贪婪吧

把安宁还给大地

纪念雅安地震遇难者

今天早晨

你的梦落在了哪里

可能你还在回忆过去

可能你还在仰望晨曦

也许未来还在你的规划里

还有这么多你放不下的东西

可是

这无常的恶魔

总是来的这样猛烈

大地在剧烈的摇晃中

悲痛欲绝

天空也失去了颜色

它们无情地

让你

带着牵挂和痛苦的哭泣

离开了这个世界

你的眼前已经是一片灰色

而我又能为你做什么呢

只能让六字大明咒

嗡嘛呢叭咪吽

时刻地在你耳边响起

你的呼喊就刻在我血液里

愿你可以脱离苦海

往生净土

阿弥陀佛　阿弥陀佛　阿弥陀佛

心泣无声

我来与我去

本自音讯杳无

生活给我的空瓶

不得不在沙里埋

遥遥汲取的生命之泉

却无法润发

被撅弃在路边的花蕊

飞鸟没有听懂我在悲泣

旁边的石头却流泪

西风瘦

烈烈吹浓愁

带走了我的体温

不知自己是否还在人间

竟然触到那彻骨的冰凉

看到烧焦的石头

听见草的哀号

我真想回家去见阿妈

石头　风沙与朽木

从我身体里穿行而过

用血液雕刻的深情

为何不留痕迹

再美丽的心怀

也摆脱不了黑夜的执着

我的泪水

却无法感动大地

她在埋怨我

说我的身躯像风

说记不住我的名字

没有想过留下什么

一个背影都毫无意义

痛苦吵醒了梦

蜘蛛咬住月亮时

我丢掉了幻身

又被黑夜灌醉

只有心在碎

癫狂的人啊

你的烦恼和苦痛

为何令我如此忧伤

那些发霉的念头和潮湿

如漫天的雪花

纷纷落在枕头底下

我要轻松睡一场了

还是闻到了你的清香

在醒来的时候

我来与我去

依然杳无音讯

只因你

针尖许的苦楚

依然是我的魂牵梦绕

泪水和鲜血写下的诗

当大地终于停止了震颤，

灾难对于你仍如同噩梦一般。

瞬间被压在轰然倒塌的房屋下面，

悠然醒转仿佛已过了千年。

你记不清这一切是如何开始，

也不知为何家乡要遭此劫难？

艰难地扒开压在身上的重物，

睁开被灰尘泥土遮盖的双眼。

却再不见那山清水秀的草原，

也看不到亲人们熟悉的笑脸。

美丽古老的村庄部落不见了，

有的只是堆堆凄凉的废墟；

文成公主曾驻足的人间天堂不见了，

放眼只是片片沉寂的瓦砾；

传说中格萨尔王的故乡不见了，

只剩下疮痍满目的残骸一片。

挖出耳中塞满的泥浆，

再听不到昔日熟悉的欢歌笑语，

到处唯有心碎的哭喊。

那一刻，

不知自己身在人间还是中阴现前，

唯能忆起曾聆听过的善知识的窍诀：

无常恶梦随时来临，

外器内情无能幸免。

无常能吞噬一切，

任谁都无法抗拒它的考验。

瞬间摧毁了温馨的家园，

刹那失去了亲人和友伴。

冰冷的遗体残酷地展现，

这就是大自然的因果循环。

死亡的黑影步步靠前，

热情好客的玉树儿女，

谁能想象悲剧会在我们身上上演？

生命果真如此脆弱，

在天灾的风暴面前，

就如同一只折断了桅杆的船。

无助、迷茫交织成片，

想要继续航行却不知何处靠岸。

可怜的众生将红尘迷恋，

却不知红尘已将我们欺骗。

就让我们点亮心灯一盏，

让前行的路途不再黑暗，

最终驶向那光明的彼岸！

　　站在季节的轮回里/我们在守望着什么/是每一个寂寂的晨昏/还是天地间吹来的微风/在最深的红尘眷恋里/伫立着，凝视着/把自己站成一道最美的风景/只因天空与流云/都会在大地上投映身影

英雄的诗　诗的英雄

你跨过灿烂的门槛远去
留我独自恪守这黑白的孤独
穿越时空的密度咀嚼思念
是西风吹醒了你冷冻的梦吧
一任激情在心房中澎湃
我听到了热血拍打你胸口的涛声
如雅鲁藏布江日日不停地咆哮

写下英雄的诗，你是诗的英雄
就像分明于天地间的拂晓
划开了雪域的锦绣和沧桑
你有着神鹰般的双翼
一翼紧依大地，一翼高指长空
用翅膀挥洒的箴言
至今还镌刻在那悬崖之巅

高原女神用大地孕育的心子
诞生在雪域的眉梢
也曾在阿妈的挤奶声里入梦
同在羔羊牛犊的陪伴下玩耍
蓝天白云里采撷的梦幻
装点了守望黎明的童年
也把金色种入了心田

青稞和酥油滋养了你的血肉
更赋予了雪域赤子炽热的深情
你用胸膛贴近黑夜
听到的生命、日出还有死亡
都化成金子般的诗句
憧憬着青海湖透彻的碧蓝
庄严着阿尼玛沁巍峨的洁白

烈焰剪水
流淌在高原上空的风
你的每一句诗篇
都如蓝山般浓烈、沧海变桑田
那些光亮的真谛
徜徉于高山雪莲和深海红珊
身不由己地烧燃

你只会坦言　那犀利的笔锋

灿烂永恒　闪亮永远

云中奔泻的瀑布

是你浩然诗语的华丽

因为灵魂拒绝污染

我也终于可以存放

戈壁上低飞的孤单

你是雪山顶峰的玛尼石堆

你是草原尽头的猎猎经幡

你是寺院里参天的佛幢

你是撕碎黑暗的慧光

不要说绿鬣披身的雪狮

只是传说中虚拟的影子

你就是最本初的雪域雄狮

渴饮狮子乳

饥食无敌胆

身心写成的诗句哺育了众生

那些震耳发聩的吼声

赐予他们相亲相爱的力量

只有太阳看到了

暖流已经淹没我所有的内脏

你正驾驭艺术放牧诗歌的草原

讲述着一个光明璀璨的未来

肉体与灵魂的骤然分离

令大地断裂震颤

那年的山谷　粉碎所有岩石

坐化岁月

怎奈　雄心已在九霄外

如今依旧日日升起的桑烟

传颂着你曾经的美丽

你的诗中走出来

高原的庄严寺庙的幽静

那些朗朗的诗篇

依旧如雪山顶上傲人的白莲

光耀纯洁　馥香淡淡

你的逝去是生命中最后的荣光

像酥油灯行将燃尽时

最炙烈的火焰

你一生辛勤的奉献

恩及天地

人世间因你的离去

变得寂寞暗淡

总会在某个季节里怀念

我的灵魂

在你的梦里

轻轻

吟诵着你的诗句

算做对你最好的纪念

是我读懂你的灵犀一现

月光下的湖泊

月光下
有一片深蓝色的湖泊
深冬的季节
没有起舞的风
寂寥无声的夜空
只有干枯的枝丫伸向黑色的方向
天上几颗星星
眨着不眠的眼睛
偷偷地把自己的身影
投掷在幽蓝的波光中。

月光下的湖泊
像一个熟睡人儿的侧影
它的呼吸有如牧歌般悠扬
它的宁静给我温暖的胸膛

忽的，有惊起的睡鸟

扑打着翅膀

转瞬间便了无行踪

只留下树林的空荡

似乎还残留着惊讶的表情

有如梦中那熟悉而可爱的脸庞。

我站在这月光下的湖泊

提着一盏琉璃做的灯笼

夜风清冷　　万物从容

我，是误入凡尘的精灵

寻找着人世间爱的永恒

我知道，当我与你相逢

我就注定沉溺一生

沉溺在月光下湖泊一样蔚蓝的，你的深情。

月光下的湖泊

鱼儿也停止游动

水边的鹅卵石

在月色下愈加晶莹

远山的轮廓

只剩下模糊的峰顶

映衬着月旁的流云

沉寂在千年古老的梦境。

我站在这月光下的湖泊

仿佛看到金刚萨埵

在湖面的上空跏趺而坐

庄严的身姿

如最纯净的月色

让我的心，不贪求、不恼热

就像这月光下的湖泊

温润、平和、照见自性中最真实的如如本我。

一　炷　香

清香一炷　轻烟一缕

袅袅升腾的烟雾中

众生怙主　慈目视人

松坦趺坐的我

也是一种美丽的姿态

缓缓收回幽远的目光

心绪错落有致

人生仿佛在彼岸

此岸就是享受孤独的地方

这儿花开花落　且日丽云美

我还是渴望抚平粗糙的烦恼

梦里的这些夜晚多么像以往的草原

她娴静地熟睡着

我却常在那迷人的身旁

孤苦伶仃

这种感觉令人欣喜

但又像风一样

耐不住苦闷飘荡在草原上

有时总想要认真地死一次

去另一个世界

找寻往昔的逝者

然而在翌日

像死过了一样孤独于拥挤的人群

将一项佛事完美地做完

句句行行佛经回向他们

迷转于复杂或不复杂的轮回圈子

最后的一轮还得留给圈外的自己

之后就剩下睡

也许就是明天的开端

打开夜窗

把诗的种子洒向肥沃的夜晚

让它们闪耀在离奇的梦境

品尝甘露

做一次真正的天外之仙

与众生共寻永恒的快乐吧

向往绿色净土（一）

人类啊，我怜悯你咬着天外的想象不放

取之不尽　用之不竭的地球

是你永远富庶　繁荣的家园

历史在幻想与现实碰撞的火花里燃烧

残缺的星球灾害肆虐

你经常在自己狂野的心底里舞蹈

自从我们身着一束束绿叶的那个和平年代

我们应该生怕有朝一日使自己面目全非

你斗胆包天　依仗贪婪与奢望

对自然与生灵缺乏应有的尊重

唯我独尊已广在人类中蔓延

可你终将被自己引领走向灭亡

宇宙也无能包容你溃烂的地球

亲爱的飞碟也将不期而至

毁灭你的毁灭　守护他的守护

向往侏罗纪公园和以往的那个年代
天外的世界即便在同样的空间
也怎么会在同样的时间里
在茫茫的宇宙里，另辟憩息之径
终将成为无为的徒劳与奢求
佛法的光芒里早已指明这条无形的通道

要么让傀儡的神们给地球打一个针吧
让她恢复最初的美丽与贞洁
但是　虚幻的思维纷纭而至
在狂妄的旋涡里为所欲为

欲望的肮脏将会使邪恶脱掉外衣
因为生存而缔造毁灭的壮举
尚不知天外的美丽世界
只会在时光的背面旋转　流逝

向往绿色净土（二）

轮与回

让生生世世没有终结

生与灭

让贪与恨的执着纠缠交错

这世间的日升月落

不知如来的寸光虚无缥缈的追寻

彩虹如梦

山川树林河流与沙漠

晚霞流岚和云朵

都是无常铁血给予我的欢乐

可最后　只留下

虚度的韶华

满头白发

和对此岸与彼岸的蹉跎

老人说年轻时

年轻的说童年时

谁又能悟到不老的永恒？

还有死和生

断轮回乃至涅槃？

　　在我的心灵世界里，永远都有一个您，穿着红黄色的衣裳，迎着风，站在蓝天下最美的地方。

两 个 我

你将在痛苦的激情中

远离别人的微笑和忠实

你只能乐于让泪水流淌

只能静静的忧愁在心中隐藏

孤身一人，在狂野的寂静

天真的幻想让他消失

走吧，默默地松开拥抱

一个我在燃烧

一个我在冰冷

睡在忘情幸福的怀里

冰凉的青春

慢慢进入冬季

淹没了曾经的安详

站在爱情坟墓上

告别人生的一切

一个我在跑道

一个我在寻我

请别点亮烛光……

　　对自己好点，因为一辈子不长；对身边的人好点，因为下辈子不一定能够遇见！尽量知足一点，因为更多的欲望会让你痛苦。

幻想和泡影

幻想啊　泡影啊

就像一阵微风

吹拂在早上

哪儿是我心灵的休息

哪儿是欢乐的梦境

沧桑轮回的孤岛

在深深浅浅的夜里

找自性的行者

哪儿是你的甜蜜

哪儿是你的港湾

一切皆有逝去

一切皆有忘记

心啊　你自由了

我在哪里　你又在哪里

聋哑的每一个季节

突然飞走的心
突然冷却的心
我想听听你的祈求
寻心充满希翼
未能捕捉存在
可怜的人啊
一天居所寻觅
痛苦的尽头
等待着阎王的镣铐

新春之愿

清透的风

正从远处吹来

吹来春香味

带着莲花的私语

绽放在失散的柔情

青涩地

师徒互握双手

嬉笑打闹

温柔地缠绕

拥抱新年的欢乐

拨动春天的琴弦

虽然无常强烈

今天、明天、相互告别

但无法抵挡

浓浓的誓言

灿烂未来

再次的相聚

静享安然

只是需要

一点点的暖

淡淡的就像

暮色里升起的炊烟

我站在青青的草色边

观看，门前的远山

起伏的山峦

郁郁的古木参天

就这样吧

就这样远离

尘世的嚣喧

快乐与哀愁

都与宁静无关

坐下来让我

可以把心灵徜徉在

无穷的天地之间

听，风声依旧细碎
看，鸟儿在余晖里
依旧可以歌舞翩跹
让我们都可以
这样老去吧
带着那份
与生俱来的安然
在善变的人生里
把如如不动的
本性照见
自在，轻安

幸福的找寻

离开不是分手

离别不是伤痛

因为心与心的链接

也许是千古分离刹那合

我曾经

眼眸里含着相思泪

一滴一滴流进心里

因为惧怕一转身

就是千年万世的轮回

今天的我

时间的华丽修饰一切

饮不尽空虚苦涩

分手分断何时情缘

阳光直射的水晶球

不过是一寸光影

愿我们找到自己的所有
也希望能找到你心中的我
心中的我是你的幸福
是永不干涸的泉水

　　施舍别人，只要有爱心，其实不是很难，但要
让接受施舍的人不失自尊和面子，需要的就不仅仅
是爱心，还必须具备智慧。